Raben-Krimi Nr. 6

CLAUDIA ZAMEK

Das Unschuldslamm

EIN KRIMINELLER,
LÄNDLICHER
ROMAN

HAFFMANS VERLAG

Dies ist ein Roman.
Menschen und Handlung sind frei erfunden;
jede Ähnlichkeiten mit lebenden Personen
wäre zufällig.

Erstausgabe
Veröffentlicht als
Raben-Krimi Nr. 6, Sommer 1998
Umschlagbild von Wolfgang Herrndorf
Umschlaggestaltung: Atelier Ursula Hiestand, Zürich

Gesamtherstellung: Ebner Ulm
ISBN 3 251 30105 5

1

Es war einer dieser bayrischblauen Bilderbuchtage, die gute Laune schon zum Sonnenaufgang lieferten. Hanna drehte das Radio auf, und Timi Yuro röhrte »I'm so hurt« ins Wageninnere, das mit den Düften des Viktualienmarktes durchzogen war.

Sie hatte in der Innenstadt auf Anhieb einen Parkplatz gefunden, für Samstagvormittag eine Seltenheit, hatte zügig ihre Einkaufsliste abhaken können und war ohne Stau bis zum Luise-Kiesselbach-Platz zurückgekommen, der sie nun auf die Garmischer Autobahn führte.

Ganz im Gegensatz zu der tiefverletzten Frau Yuro aus dem Radio verließ sie München in Hochstimmung und freute sich über den blauen Himmel mit den langen, weißen Föhnfahnen.

Sie hatte ein paar neue Rezepte entwickelt, und bevor sie diese in endgültiger Fassung und mit kleinen Illustrationen versehen ihrem Verleger schickte, gab sie, wie sie es auch für heute geplant hatte, legere Abendessen für einen engen Freundeskreis. Zum Testen, als Generalprobe und Premiere gleichzeitig.

Der Verleger war ein alter Freund aus gemeinsamen Berliner Tagen, der ihre Idee »Für Singles und andere Bratkartoffelverhältnisse« komisch genug gefunden hatte, um sie in seinem kleinen Verlag mit aufzunehmen. Erstaunlicherweise verkaufte sich das Büchlein gut, und das zweite schmückte sie jetzt mit noch mehr Vignetten und witzigeren Texten aus. Noch war es ihr allerdings ein Rätsel, wie sie die Fisch-Quiche betiteln sollte.

Fisch-Quiche!

Sie nahm heute die Ausfahrt Wolfratshausen, weil kurz vor Münsing der schönste Baum Oberbayerns stand: die einsame alte Linde auf der Anhöhe, dahinter das weiße Alpenpanorama.

In Münsing bog sie nach links ab und fuhr in die Postkarte hinein, in der sie ihr kleines Holzhaus gefunden hatte, weit außerhalb der Ortschaft. Der Weg war bestenfalls auf Wanderkarten verzeichnet, aber es reichte ja, daß der Briefträger und ihre Freunde sie fanden.

Ganz so einsam war die Lage nun wieder nicht, denn Betty lehnte rauchend am Torpfosten, als Hanna in ihrer Einfahrt hielt.

Bettina und Thomas Stockinger waren Hannas Nachbarn, deren Grundstück an das ihre grenzte, und mit denen sie seit ihrem Umzug vor zwei Jahren in freundschaftlichem Verhältnis lebte.

Betty war zweiundfünfzig, bei wechselnden Diäten mal dick, mal füllig. Sie trug die braunen Haare nach Zustand ihres Hormonhaushaltes, mal als Pagenkopf, mal dauergewellt, und hatte die Unberechenbarkeit einer Wanderdüne, die, je nachdem, woher der Wind wehte, das Dorf verschonte oder alles unter sich begrub.

Zum Glück zwinkerte ihr Betty gutgelaunt zu, schnippte die Zigarette auf den Fahrweg und half ihr beim Auspakken.

Hanna sortierte ihre Einkäufe nach der Reihenfolge des Menüs und verstaute die restlichen Sachen in Vorratskammer und Kühlschrank.

»Darf ich ...« Betty zog einen Rest Weißwein aus dem Seitenfach und schaute Hanna fragend an. »Du auch?«

»Lieber ein Bier! Ich bin gleich wieder da ...«

Als Hanna mit der letzten Tüte, die sie im Kofferraum versteckt hatte, zurückkam, hielt Betty ihr ein guteingeschenktes Pils entgegen.

»Überraschung!« grinste Hanna und überreichte ihr ein Prachtexemplar von Knoblauchzopf. »Für deinen rastlosen Einsatz gegen die bayrischen Vampire. Aber nicht alles auf einmal verdrücken, sonst fliegst du raus!«

Bettys eine große Leidenschaft war Knoblauch. Sie aß ihn roh, hauptsächlich, um ihren Mann Thomas zu ärgern, dem regelmäßig von ihren Ausdünstungen und der knoblauchgeschwängerten Luft in seinem Haus übel wurde, wobei Betty den medizinischen Wert roh genossenen Knoblauchs in den Vordergrund stellte. Meist aber gab sie ihn als Pesto über Nudeln und in alle Gerichte, die noch oder nicht die alles überdeckende Schärfe vertrugen.

Ihre zweite Leidenschaft gehörte der Fotografie. Sie inszenierte und dokumentierte in überquellenden Alben ein Familienleben, das die Realität zu einer Verkettung von läppischen Entgleisungen verharmloste. Unermüdlich präsentierte sie sich einen Vorzeigealltag auf Hochglanzpapier, was Thomas wiederum als größte Lüge ihres gemeinsamen Lebens empfand.

Selbst als ihr Sohn seinen sechzehnten Geburtstag mit ein paar Freunden und zuviel Alkohol gefeiert hatte, setzte sie die pubertierende Schnapsleiche noch so weit ins rechte

Licht, daß auch diese noch ein inniges Lächeln für die Nachwelt übrig hatte.

Hanna profitierte von dem Knipswahnsinn, weil Betty ihr gelungene Landschaftsdetails als Hintergrund für ihre kulinarischen Zeichnungen überließ.

Ihre Notizen zu Rate ziehend, machte sich Hanna ans Werk, während sich Betty mit einem Stuhl in die hinterste Ecke der Küche verzog. Sie wußte, daß sie Hannas Kreise nun besser nicht stören sollte.

Nach einer Weile fragte Betty beiläufig: »Gleiche Besetzung wie immer?«

»Wie meistens.«

»Also Thomas und ich . . .«

». . . und der ›Playboy‹ natürlich«, lachte Hanna und fuhr sich dabei kokett durch die Haare.

Der »Playboy« hieß Peter und war ihr bester Freund, unverschämt gut aussehend und mit Ende vierzig noch von jener jungenhaften Ausstrahlung, die ungekünstelt blieb. Die Täubchen flogen ihm zu, und er konnte schlecht Nein sagen.

Hanna hatte auch nicht Nein sagen können, und sie hatten vor Jahren eine gemütliche Affäre gehabt, die sie genauso ausplätschern ließen, wie sie sie angefangen hatten. Sie verstanden sich prächtig und wußten, daß sie sich aufeinander verlassen konnten.

Betty öffnete eine neue Flasche Weißwein, goß sich großzügig nach und seufzte unvermittelt trübsinnig durch eine Nikotinwolke: »Du hast es gut!«

Dieses Mittelding aus Feststellung und Vorwurf webte zart und unmißverständlich das tröstende Mäntelchen des Selbstmitleids um Bettys gebeugte Schultern, was Hanna nur allzusehr fürchtete. Sie ahnte, daß dies der Auftakt zu einem tristen Ausflug ins Stockinger-Privatleben sein würde, und hantierte unbeeindruckt weiter mit ihren Töpfen. Sie ließ Bettys Äußerung vorsichtshalber unbeantwortet, da sie noch nicht wußte, welches Elend denn nun wieder in Bettys Kopf rumorte.

»Ich möchte auch einmal so frei sein wie du«, schmollte Betty.

»Dann erschieß deine Nachbarn, oder serviere ihnen Zyankali in einem gutgetarnten Abendessen«, schlug Hanna vor und stupste sie mit dem Ellenbogen an. »Wo fehlt's denn heute?«

Betty gönnte sich einen tiefen Zug aus ihrer Zigarette. »Du bist so zufrieden mit deinem Leben, du kannst tagelang alleine allein sein, bist dir selbst genug. Ich wünschte, ich könnte das auch«, sie nippte an ihrem Glas. »Ich kann einfach nicht alleine sein!«

Hanna schälte die Kartoffeln und hörte mit halbem Ohr zu. Das war es also. Die Einsamkeitsnummer!

»Und ich will auch nicht alleine in meinem Bett liegen«, quengelte Betty weiter, und da Hanna immer noch keine Reaktion zeigte, sagte sie theatralisch: »Thomas schläft jetzt im Gästezimmer.«

›Auch nichts Neues‹, dachte Hanna. Daß Thomas und Betty seit etwa einem halben Jahr eine Dauerkrise aus ihrer Ehe machten, war dank Bettys Indiskretionen allgemein bekannt.

Thomas entzog sich immer mehr Bettys verzweifelten Versuchen, seine Aufmerksamkeit zu erregen. Er verkroch sich stundenlang unter seine Kopfhörer und versank in Opern und Symphonien, die die Alltagswelt ausschlossen, und damit auch und gerade seine selbstsüchtige Betty. Je mehr er sich ihr aber verweigerte, desto lauter wurde sie.

So eskalierten im Laufe der Zeit ihre Gefühlsausbrüche zu rasenden Momenten, die Thomas stillschweigend ertrug – oder einfach ignorierte.

Hanna brachte die Kartoffeln zur Spüle. »Vielleicht braucht er ja nur einmal Eheferien«, sagte sie leichthin. »Soll vorkommen.«

»Nein!« Betty wechselte ärgerlich ihre Position und stützte den Kopf mit den Händen auf, daß sich ihre dicken Backen unter die Augen schoben. Sie sah aus wie eine chinesische Käthe-Kruse-Puppe, dachte Hanna, und daß sie ein hübsches Signet für ein Reisgericht abgeben würde.

»Nein«, betonte Betty noch einmal. »Diesmal steckt etwas anderes dahinter. Eine Frau natürlich!«

Sie lehnte sich wieder zurück und sah Hanna triumphierend mit ihren braunen Knopfaugen an. »Und du weißt es auch!« Die plötzliche Schärfe in ihrem Ton war nicht zu überhören.

Einen Augenblick war Hanna überrascht, aber sie kannte Bettys Stimmungswechsel und maß dem letzten Satz keine große Bedeutung bei. Außerdem haßte sie es, die Tagebücher anderer Leute lesen oder anhören zu müssen, sie haßte das Geschwätz angeblich betrogener Ehefrauen, diesen vor Selbstmitleid triefenden Sondermüll, der nichts als Langeweile hervorrief. Und Betty war Meisterin im Zugrundereden jeder vernünftigen Argumentation.

Hanna zog es vor, das Thema zu wechseln.

»Übrigens habe ich auch Christine für heute abend eingeladen«, sagte sie statt dessen. »Und Achim hat schließlich noch nie gestört.«

»Naja«, sagte Betty gelangweilt.

Bevor Hanna länger darüber nachdenken konnte, ob sich Bettys Bemerkung auf den acht Monate alten Achim bezog, der immer ruhig in seinem Buggy lag und selbst die turbulentesten Abende verschlief, oder ob ihr Redefluß aus Mangel an Interesse versiegt war, stürzte Betty aufgeregt zur Terrassentür.

»O mein Gott, sieh mal raus!«

Absolute Stille lag über den Bäumen, kein Grashalm rührte sich, kein Vogel zwitscherte, als hätte die Natur in diesem Moment den Atem angehalten.

Ein galliggelber Lichtstreifen begleitete die Gewitterfront, die sich drohend über den Himmel schob. Die Wolkenränder quollen zu Gebirgen auf.

Hanna hetzte nach draußen, raffte die Kissen zusammen und verstaute den Sonnenschirm im Schuppen, als bereits die erste Bö durch den Garten fegte. Das unheimliche Grollen des anschwellenden Sturmes dröhnte von der Seeseite zu ihnen herauf.

Betty hielt die Terrassentür auf, und Hanna wurde unsanft von der nächsten Bö ins Haus getragen.

Gleichzeitig schlugen im ersten Stockwerk Fenster und eine Tür zu, und Hanna rannte nach oben, um alles jetzt zu schließen. Zum Glück waren die Scheiben bei der Erschütterung heil geblieben. Sie kontrollierte sicherheitshalber auch noch die anderen Räume.

Betty dagegen stand vollkommen gelassen mit ihrem Glas an dem Terrassenfenster und stellte fest: »Na warte, das gibt was!«

Mit Schadenfreude hörte sie, wie die Freundin hektisch durch die Zimmer rannte, denn ihr eigenes Haus war stets hermetisch abgeriegelt, kein Fenster blieb offen, keine Tür unverschlossen. »Man kann nie wissen« war ihre Devise, und sie hatte mal wieder recht behalten!

Hanna sah, wie der Sturm ihre Pflanzen niederdrückte, die Cosmeen knickten reihenweise aus dem Beet. ›Jedes Jahr dasselbe‹, dachte sie resigniert, aber Betty zerrte sie bereits am Arm und deutete auf den knorrigen Baum hinter Hannas Zaun.

»Das geht nicht gut! Glaub mir, diesmal kann es nicht noch mal gutgehen!«

Tatsächlich ging ein Ruck durch den großen Ahorn, und er kam nicht mehr in seine alte Position. Durch das ohrenbetäubende Rasen des Sturmes hörten die beiden, wie sich der mächtige Wurzelballen aus der Erde löste. Donnernd riß der Boden auf, und ein gewaltiges Splittern krachte in das Ächzen des langsam fallenden Riesen.

Hanna starrte regungslos auf die Stelle, die einmal ein Teil ihres Gartens gewesen war.

Die Krone hatte ein paar junge Bäume aus dem angrenzenden Gestrüpp gerissen und mehrere Quadratmeter Kuhweide unter sich begraben. In ihrem Garten klaffte jetzt ein Krater, an dessen Rand der zerfetzte Wurzelballen lag, wie der geborstene Deckel eines Bierhumpens. Und über allem knäulten sich die aufgetrennten Schlaufen ihres Maschendrahtzauns.

»Komm«, sagte sie fatalistisch und goß sich und Betty einen doppelten Cognac ein. Es gab nichts zu tun, es war unabänderlich, sie konnte niemanden erreichen, der den Schaden begutachtete oder gar behob. Es war Wochenende.

Der Sturm tobte unvermindert um das Haus, Blätter,

Zweige und Fetzen des ›Blauen Anzeigers‹, der jeden Samstag von den Zeitungsjungen an die Zäune geklemmt wurde, wirbelten durch die Luft, blieben an Ästen hängen und wurden im nächsten Augenblick wieder fortgerissen.

»Die ganze Schufterei im Garten umsonst! Alles platt«, seufzte Hanna.

Aber Betty tätschelte nur beiläufig ihre Hand: »Bin ich froh, daß der Baum nicht in meinem Garten gelandet ist, nicht auszudenken!«

›Typisch!‹ Hanna war im ersten Moment viel zu verblüfft, um ärgerlich reagieren zu können. Betty schaute so begeistert in das tobende Chaos vor ihrem unversehrten Haus und Grundstück, daß Hanna ihr die gute Stimmung nicht verderben wollte und lachend ihr Glas erhob.

»Auf den Sommer, du Goldstück!«

»Auf uns«, sagte Betty gemütlich.

2

Thomas hörte Betty zurückkommen.

›Wie laut sie ist!‹ Er setzte die Kopfhörer auf, ohne eine Platte einzulegen, und rutschte tief in seinen Sessel.

›Betty ist Fleisch gewordenes Geräusch‹, dachte er. Sie war bereits geräuschvoll, ohne etwas zu sagen, ohne einen Schritt gemacht zu haben. Ihre Hausarbeit klirrte und schepperte, Türen fielen ins Schloß, Waschlumpen klatschten über die Böden, das ganze Haus zitterte unter ihren Aktivitäten.

Thomas schloß die Augen und dachte an die Spaziergänge mit Christine. Wie ruhig doch ihre Gespräche verliefen, während Achim die meiste Zeit unter dem hellblauen Sonnenschirmchen döste oder auf einer kuscheligen Wolldecke im Schatten der Uferkastanien, wenn sie sich am See trafen.

Wie harmlos das alles begonnen hatte, und jetzt . . . jetzt war ihm Christine zur Droge geworden, ohne die er nicht mehr sein wollte, seine tägliche Ration Leben, sein morgendliches Sektglas, das ihn mit Übermut erfüllte und ihn seinen alten Trott vergessen ließ.

Hanna nebenan war naiv genug, die Version der unschuldigen Spaziergänge gegen Bettys Mißtrauen aufrechtzuerhalten. Nur zu!

Hanna schien sich überhaupt wenig für die Belange anderer Leute zu begeistern und hatte mehrfach durchblikken lassen, daß sie grundsätzlich von Ehe- und anderen Problemen nicht belästigt sein wollte. Aber immerhin zeigte sie sich neugierig genug, um für Betty interessant zu bleiben. Und das war gut so.

Thomas schwelgte in der Erinnerung an das letzte Treffen mit Christine.

›Wie blöde er aussieht‹, schoß es Betty durch den Kopf, die mit einem schlappen Tulpenstrauß in der Hand auf dem Weg zum Garten an ihm vorbei mußte.

»In einer Viertelstunde gibt's Essen, bei Hanna!« schrie sie in die Kopfhörer und deutete mit dem Zeigefinger auf die Armbanduhr und ihren offenen Mund, um dem vermeintlich tauben Ehemann ihr Anliegen kundzutun.

Thomas zuckte wie vom Blitz getroffen zusammen.

»Herrgott nochmal, Betty!« fluchte er und riß sich die

Kopfhörer von den Ohren. »Mußt du einen denn jedesmal zu Tode erschrecken?«

»Ich hab dir nur gesagt, daß wir bald rübergehen sollten«, empörte sich Betty mit Unschuldsmiene und verließ mit dröhnenden Schritten das Wohnzimmer.

»Sturer alter Esel!« schimpfte sie laut auf dem Weg zum Nachbargrundstück.

3

Walter Egner rutschte in die linke Ecke des überdimensionalen Designersofas und zupfte ein paar Falten aus den Seidenkissen, die er inzwischen plattgesessen hatte. Die lange Reihe rotschimmernder Bezüge irritierte ihn und schmerzte seine Augen. Aber der Polsterzwilling gegenüber und die drei Quadratmeter Glasplatte dazwischen konnten sogar einem Einsachtzigmann wie ihm die weite Wohnhalle gemütlich machen.

Er goß sich einen Cognac nach. Wo blieb bloß Marianne, die Besitzerin dieser Pracht, die mühelos diese Räume mit ihrer beängstigenden Persönlichkeit auszufüllen verstand?

Mit einem Augenaufschlag hatte sie ihn von ihrer Sache überzeugt, und mit einem Fingerschnippen würde sie ihn heute wieder entlassen. Und kein Staubkörnchen verblieb auf dem goldenen Rahmen ihrer Reputation, keine üble Nachrede würde ihre politische Karriere in Frage stellen können. Die ehrgeizige Landtagsabgeordnete liebäugelte sogar mit Berlin, was Walter den Wahlprospekten auf dem Glastisch entnehmen konnte.

Was soll's! Ein Jahr Arbeitslosigkeit gegen einen dicken monatlichen Scheck zu tauschen war nicht das Dümmste, was er bisher gemacht hatte. Die Dankbarkeit des Hauses war ihm gewiß und stärkte, hoffentlich, für alle Notfälle seine Zukunft.

Vorerst hatte er andere Pläne. Optimistisch betrachtete er seine Aktentasche und lehnte sich in die Seidenburg.

Die Scheidungspapiere lagen irgendwo unter den Informationsblättern der Firma »Weight and Health«, für die er jetzt arbeitete.

Im Kettenbriefsystem machten sie Anfänger zu Abkassierern, die das Glück gehabt hatten, rechtzeitig in das Spielchen eingestiegen zu sein. Man mußte die ersten Jahre nur fleißig weitere Vertreter werben und Prozente kassieren. Nicht nur 10 % von deren Umsatz, sondern gestaffelt weitere Prozente von den wiederum von ihnen angeworbenen Neulingen.

Das System hatte sich in Amerika erfolgreich durchgesetzt, und man erschloß sich gerade erst den deutschen Markt.

Walter rechnete sich aus, daß er weit oben an der Pyramide stehen würde.

Drei Hausfrauen hatte er bereits unter Vertrag, die produktgläubig nicht nur ihre Familie mit Algen und Mineralien aus der Dose futterten, sondern einen wahren Feldzug gegen alle Mangelerscheinungen einer falsch ernährten Fast-food-Gesellschaft führten. Sie proklamierten, wie er es ihnen eingetrichtert hatte, das bedenkenlose Ja zu Hamburgern und Currywurst. Die Mütter der westlichen Nationen durften entspannen, denn »Weight and Health« kümmerte sich fortan um die unterversorgten Eingeweide.

Die 500-g-Dose war bereits für lächerliche 170 DM zu haben. Geschenkt!

Mit einem Obst- und Gemüsestand holte man sich nicht nur kalte Füße und einen Dauerschnupfen. Kein Mensch machte sich mehr die Mühe, Rosenkohl und Brokkoli zu putzen. Die meisten Hausfrauen arbeiteten, die Kinder waren in Tagesstätten untergebracht.

Ein Hoch also auf die Mikrowelle, die längst den Schrekken liebloser Aufwärmealternative verloren hatte. Bei dem vierzehntägigen Lehrgang hatte man ihnen die kleinen psychologischen Tricks beigebracht, die das allgemeine schlechte Gewissen kitzelten und den Verkauf garantierten.

Was sollte da noch schiefgehen?

Marianne, seine nun Ex-Schwiegermutter und Verbündete, hatte ihn inzwischen mehr als eine halbe Stunde warten lassen.

Jetzt saß sie ihm wieder gegenüber, blaß, aber mit vollendeter Haltung. Sie verkörperte den von allen Trend-Magazinen hochgepäppelten Country Style. Der diskrete Charme englischer Nobelmarken war Kaschmirbasis für lässig geschlungene Hermès-Tücher mit Pferdemotiven, von schlichten, breiten Goldketten gehalten, die den Perlenmurmeln an den Ohrläppchen erst den richtigen Glanz verliehen.

Ein unverbindliches Lächeln wahrte ihre Distanz zu den bäuerlichen Einheimischen, die ihr in original Baywa-Kluft das Biogemüse an die Haustür lieferten und hin und wieder ein ziemlich warmes Huhn, das eben noch frei im Mist hatte scharren dürfen.

Marianne schob einen Scheck zwischen die Cognacschwenker.

Vorsichtig berührte Walter ihre Fingerspitzen. »Marianne, ich will das nicht annehmen«, flüsterte er heiser.

»Doch, doch«, sie wischte eine Träne aus den Wimpern, »du hast so viel für mich getan. Das wird dir den Anfang erleichtern. Bitte!«

Energisch drückte sie ihm den Umschlag in die Jackentasche und stand auf.

»Geh jetzt! Christine und Achim werden bald zurück sein.« Sie drängte ihn zum Ausgang, hielt ihn noch einmal an den Schultern und sah ihm in die Augen. Steif umarmte sie ihn, dann schloß sich dumpf die Haustür.

Walter starrte auf den bronzenen Löwenkopf in der mittleren Kassette. Der Ring, mit dem der Künstler das Biest zum Türklopfer degradiert hatte, pendelte noch leicht um das offene Maul, das ihm die Zähne zeigte.

›Das war's dann wohl!‹ Er schritt langsam die Marmorstufen hinab, die von vier akkurat geschnittenen Buchsbaumkegeln gesäumt waren, und bestieg seinen VW-Käfer, eine Antiquität ohne Ersatzteile.

4

Der Sturm hatte nachgelassen. Zwei Stunden hatten genügt, zahlreiche Häuser abzudecken, Schneisen in Waldgebiete zu schlagen, Straßen unpassierbar zu machen.

Peter, der mit Christine und Achim im Schlepptau eben

bei Hanna eintraf, beschrieb dramatisch den wieder einmal überschwemmten Keller des Gasthauses in Ammerland und die von den Bojen gerissenen Segelboote, die meterweit auf den Strand geschleudert und in ihre Einzelteile zerlegt waren.

»Bloß gut, daß mein Schiff zur Zeit im geschützten Clubhafen liegt.« Er faltete die restlichen Servietten über die Teller, richtete Pfeffer- und Salzstreuer enger zusammen und ließ seinen Blick prüfend über den Tisch gleiten.

»Fertig!« sagte er zufrieden.

Christine stöpselte gerade wieder den Nuckel in Achims Mund und streichelte ihm über den wirren Flaum auf seinem Kopf, der immer noch nicht Haare werden wollte.

»Ich entdecke ja ganz neue Qualitäten an dir«, schäkerte sie und lobte überschwenglich die Tischdekoration. »Der perfekte Hausmann! Wer hätte das gedacht.«

»Und Vater vielleicht auch?« stichelte Betty, die unbemerkt eingetreten war, von der Wohnzimmertür herüber.

»Ooch, Achim hat so viele nette Väter, da kommt es auf einen mehr oder weniger auch nicht mehr an«, bereicherte Christine die Situation und verpaßte Peter einen leidenschaftlichen Kuß.

»Ich kann nicht mehr!« keuchte Peter und gaukelte einen Schwächeanfall vor.

Er hatte ihre konsequente Haltung schon lange bewundert. Sie war eine emanzipierte Frau von 25 Jahren, die es nach dem Scheitern ihrer kurzen Ehe vorgezogen hatte, Achim allein großzuziehen. Ihr Ex-Mann, diese Lusche Walter Egner, dachte Peter verächtlich, hatte auf allen möglichen Gebieten versucht, beruflich Fuß zu fassen. Zuletzt als Vertreter für eine obskure Abmagerungskur, die zwar auch nicht besser und ungefährlicher als alle anderen Diäten war, dafür ihren Mitarbeitern einen unaufhaltsamen Aufstieg in den Karriereolymp versprach. Christine hatte es nicht mehr ausgehalten, erinnerte er sich, daß Walter mit großem Elan in einen Job einstieg, um nach wenigen Wochen wieder gelangweilt abzuspringen und die nächste, vielversprechende Geldquelle anzuzapfen.

Dazwischen bekam sie seine Launen zu spüren, seine Hochstimmungen und Depressionen, sie lebten meist unter dem Existenzminimum und konnten nur mit den Geldzuwendungen ihrer Mutter überleben.

Als Christine vor acht Monaten Achim zur Welt brachte, verließ sie ihren Mann, reichte die Scheidung ein und zog wieder zu Marianne, ihrer gerührten Mutter, ins Haus, die längst gehofft hatte, daß es eines Tages soweit kommen würde.

»Du siehst wieder zum Anbeißen aus!« Peter zog Christine zu sich auf das gelbe Sofa und zupfte gierig an ihrem Hemd, das mit karibischen Drinks und Früchten bedruckt war.

»Das hätte ich gerne, und das da, und das . . .«, er tippte auf ihren Hals, in ihre Seite, auf den Bauch und schließlich die Knopfleiste entlang.

»Hör auf! Das kitzelt«, kicherte sie und wand sich unter seinen Zärtlichkeitsattacken, bis sie nach einem kurzen Gerangel, das Peter mit eisernem Griff für sich entschied, lachend in seinen Armen lag.

Betty hatte es sich in einem Sessel gegenüber bequem gemacht und stellte ihr Glas auf dem Couchtisch ab. Mit spöttischem Gesicht hatte sie den beiden zugeschaut.

»Man könnte meinen . . .«, aber sie schüttelte nur leicht

den Kopf und brachte den Gedanken erst gar nicht zu Ende. Etwas unsicher nestelte sie eine Zigarette aus der Packung und goß sich Wein nach, bis ihr Glas in einer kleinen Pfütze stand.

›Ich hätte den verdammten Cognac heute nachmittag nicht trinken sollen‹, sie tupfte mit ihrem Taschentuch rasch die Flüssigkeit auf und machte eine komisch-verzweifelte Geste. »Der Welt traurigster Gott . . ., oder so ähnlich . . .«

Als Peter mit Christine einen verständnislosen Blick tauschte, half sie nach:

»Wagner, ihr Kulturbanausen! Ein kleines Opfer für die gefallene Weltesche da draußen. Möge sie in Frieden ruhen. Zum Wohl auch!« prostete sie den beiden zu.

5

Thomas erschien, wie immer, erst kurz bevor das Essen auf den Tisch kam. Bei ihm wußte man nie, ob er Appetit hatte oder sich nur gesellig zeigen wollte. Er aß einen Apfel mit derselben Teilnahmslosigkeit wie ein stundenlang zubereitetes Menü. Ebenso erledigte er seine tägliche Arbeit ohne erkennbare Begeisterung, und seine Zukunftsvision schien sich auf das Wachstum seines Rasens zu beschränken, den er mittels eines vorsintflutlichen Spindelmähers auf exakt viereinhalb Zentimeter hielt.

»Ein hübsch großes Loch hast du da in deinem Garten, das dürfte teuer werden.« Thomas kümmerte sich immer zuerst um die finanziellen Seiten des Lebens. Das Haus war kostspielig, und die Hypotheken nagten an seinen Nerven. Er hatte Höllenqualen ausgestanden, als Betty im krankhaften Kaufrausch Unmengen überflüssiger Dinge angeschleppt hatte.

Kleinkram, der vom Umtausch ausgeschlossen war und jetzt als Nippes an der Küchenwand hing und Regale besetzte; Stoffbahnen und Decken, die nie aufgelegt wurden und die Schränke verstopften.

Seitdem gab er Betty ein knapp bemessenes Haushaltsgeld und alle paar Monate ein Extra für Kleidung.

»Wer kommt eigentlich für den Schaden auf?« Er schnupperte über den Töpfen und hob neugierig die Dekkel hoch.

»Darüber habe ich mir noch keine Gedanken gemacht, die Versicherung des Bauern, dem die Wiese gehört, vermutlich.« Hanna drückte Thomas die Suppenterrine in die Hand und schob ihn aus der Küche.

»Wenn ich denn jetzt mal bitten darf?« forderte sie die Gesellschaft auf, sich zu Tisch zu begeben.

Es ergab sich, daß Christine neben Thomas saß, Betty neben Peter und am Kopf des Tisches Hanna, die immer wieder in der Küche verschwand, um ihre Töpfe zu kontrollieren.

Sie kannten ihr Verhalten von den vielen anderen Abenden, an denen sie etwas Neues probierte und vor Nervosität oft nichts essen konnte. Sie war schon satt vom Vorkosten und beschränkte sich auf das neugierige Zuschauen, ob die Gerichte auch den Beifall ihrer Gäste fanden.

Christine zeigte sich so begeistert von der hübschen

Blüte, die Hanna aus gelben Safranfäden und Krabben auf den Boden der Suppenteller gelegt hatte, daß sie als letzte von der Tomatencreme nehmen wollte, um sie dann über das Kunstwerk zu gießen.

Peter stippte die Reste mit Baguettestückchen auf und brachte die Terrine in die Küche zurück. »Wir möchten, daß diese Tomatensuppe ab sofort fester Bestandteil deiner Menüs wird, ob sie dazu paßt oder nicht. Es war köstlich!«

»Na großartig. Bitte sieh doch mal nach, ob noch genug Wein da ist, ich kann mich gerade nicht darum kümmern, die Quiche muß aus dem Ofen . . .«

Die Fisch-Quiche, die so sehr nach einem Zungenbrecher-Titel schrie. Fisch-Quiche, Fischers Fritz . . ., Hanna nahm sich vor, den Titel heute abend noch zur Diskussion zu stellen, vielleicht fiel ja einem ihrer Freunde etwas dazu ein.

Peter stieß fast mit Betty zusammen, die leicht ramponiert im Türrahmen lehnte.

»Zwischen Tür und Angel, so ist mein Leben«, trällerte sie, schlenkerte mit der weinglasbesetzten Hand und deutete zum Wohnzimmer.

»Paß nur auf, Peter, daß dir da nichts durch die Lappen geht. Christine ist in Hochform. Und mein Mann auch!«

»Aber Betty, das sind wir doch alle«, Peter schob sie vorsichtig zur Seite, um für den Nachschub zu sorgen.

»Wenn ihr hier alle auf Wanderschaft geht, stehe ich noch alleine mit der Quiche am Tisch . . . und dem Fisch . . .«, dichtete Hanna, immer noch auf Titelsuche. Und es fiel ihr plötzlich ein Film mit Danny Kaye ein, in dem der Hofnarr – aber klar, das war ja auch der Titel! –

den Zaubertrank in einem »Becher mit dem Fächer« . . ., da mußte doch etwas zu holen sein! Sie könnte sich ja später noch das Video ansehen.

»Raus, raus, raus!« Sie scheuchte die trällernde Betty vor sich her und servierte die Quiche.

Christine hatte schon ganz rosige Wangen. Der Wein, das gute Essen und das kleine, verruchte Geheimnis, das sie mit Thomas teilte, versetzte sie in prickelnde Stimmung.

Thomas ließ keine Gelegenheit aus, sie zu berühren, und wenn seine Hand wie zufällig auf ihrer Schulter lag, strömten feine, erotische Wellen von dieser Stelle über ihre Haut, daß ihr heiß und fiebrig wurde.

Die Terrassentür stand weit offen, Christine genoß die würzige, klare Abendluft, die der Sturm zurückgelassen hatte.

Thomas' Augen ruhten mit dunklem Glanz auf Christine. ›Geradezu feucht‹, dachte sie amüsiert, als würde das Verliebtsein mit einer Tränenflut aus ihm herausbrechen wollen.

Und Peters verspielte Zuneigung, sein offensichtliches Interesse machten ihr den Abend zu einem endgültigen Sinnesfest.

Gierig drückte sie Thomas' Hand und strahlte in die zufriedenen Gesichter der anderen, die ihr in dem milden Kerzenlicht entrückt schienen, vertieft in ein Gespräch, das hin und wieder von Gelächter unterbrochen wurde.

»Und der Wein, mild und fein . . .«

»In dem Becher mit dem Fächer . . .«

»Moment! Der Kelch mit dem Elch . . .«

»Quatsch! Der Humpen von dem Lumpen . . .«

»Huu«, Betty geriet endgültig aus der Fassung, und vor lauter Lachen kollerten ihr sogar ein paar Tränen über die Wangen.

»Hört auf, ich kann nicht mehr . . .!« Sie fächerte sich Luft zu und trocknete mit der Serviette die Augen. »Ich brauche dringend eine Pause«, brachte sie mühsam hervor und bückte sich ächzend nach dem Tuch, das ihr aus der Hand gefallen war.

In wenigen Sekunden erfaßte sie die Situation. Christines und Thomas' Beine waren unter dem Tisch zu einem innigen Knoten verhakt, und sie kneteten sich lüstern die Hände und Schenkel.

Mit gefrorenem Lächeln legte Betty die Serviette neben ihren Teller und starrte die beiden an.

In diesem Moment sprang Christine so heftig auf, daß sie Thomas mit dem Ellenbogen traf. Sie schmiegte sich katzengleich an Peters Schulter, der, wenn auch überrascht, doch nur allzugern ihre Umarmung hinnahm und sie liebevoll in die Handflächen küßte.

»Was immer dich gestochen hat, meine Liebe, mach weiter!« sagte er.

Christine bog seinen Kopf auf die Lehne und blickte ihm von oben hinunter tief in die Augen.

»Wir zwei Hübschen könnten doch gemeinsam abräumen. Hanna hat schon genug getan, und außerdem brauche ich jetzt dringend einen Schnaps!«

»Ich folge dir, wohin du mich auch immer entführen möchtest, Angebetete.«

Betty verteilte bereits die passenden Gläser, denn die Idee, eine kleine Zwischenrunde einzulegen, hatte bereits Zustimmung gefunden. Wodka und Aquavit wurden aus dem Eisfach befreit und zusammen mit einem Averna auf das Beistelltischchen gestellt.

Betty prostete mit einem Wodka in die Runde und bedachte sie mit einem honigsüßen Lächeln. Ihr Blick blieb lange bei Christine, dann leerte sie ihr Glas in einem Zug. ›Mich täuschst du nicht, du Rabenaas, auch wenn du dir noch soviel Mühe gibst, von euch abzulenken. Ich habe bereits genug gesehen!‹

Angewidert beobachtete sie ihren Mann, der ohne Christine seltsam verloren aussah. Mit wäßrigen Augen stierte er in die Luft, nahm Betty überhaupt nicht wahr und ruhte in glückstaumeliger Abwesenheit.

Bettys Wut und Empörung erreichten einen gefährlichen Höhepunkt, sie konnte sich kaum noch beherrschen. Sie wollte schreien, an ihn herankommen, ihn schlagen und rütteln: ›Was denkst du dir eigentlich dabei, du Idiot, mach dich doch nicht lächerlich mit der kleinen Schlampe . . .‹

Statt dessen verschanzte sie sich hinter der heiteren Maske der Ahnungslosigkeit und rückte zu Hanna, die fragend die Wodkaflasche in der Hand hielt und auf Bettys Nicken nachschenkte.

»Ihr seid noch nicht entlassen, meine Lieben, es gibt noch eine kleine Überraschung.« Hanna räumte ein paar übriggebliebene Gabeln zusammen und verstaute den ersten Schub in der Spülmaschine.

Das Campari-Gelee mit Orangencreme entpuppte sich als Sensation und war ein würdiger Abschluß für das gelungene Abendessen.

Hanna suchte das Danny-Kaye-Video heraus und wollte sich unbedingt noch *Der Hofnarr* ansehen, um übers Wochenende an ihrem Text schreiben zu können.

Betty hätte sich in Anbetracht ihres verheerenden Gemütszustandes jetzt sowieso nichts Besseres wünschen können. Peter saß bereits aufgeräumt mit Hanna auf dem gelben Sofa, und Thomas lungerte unentschlossen hinter dem Sessel, in dem Christine Platz genommen hatte und Achim neben sich im Buggy kraulte.

»Jetzt setz dich endlich!« bellte Betty, rückte auf ihrem Sitz zur Seite, um ihm Platz zu machen, und klopfte unmißverständlich auf ihre Lehne.

Aber Thomas, dem jetzt erst recht alle Plätze belegt schienen, verschwand hinter Achims Kinderwagen und machte es sich auf dem Teppich bequem.

Eine halbe Stunde später wirbelte ein entfesselter Danny Kaye mit dem Thronfolger im Körbchen durch die aufgebrachte Hofgesellschaft, als Achim lauthals seinen Unmut über den späten Abend verkündete.

Thomas erbot sich eilfertig, Christine nach Hause zu fahren. Er kenne den Film und würde es vorziehen, ebenfalls so bald wie möglich ins Bett zu kommen.

›In welches denn?‹ Bettys Zorn geriet fast außer Kontrolle. Mit welcher Unverfrorenheit ihr Mann sie dieser unglaublichen Situation aussetzte!

Christine verabschiedete sich flüchtig von der Runde und strebte mit entnervtem Augenaufschlag zur Tür, da Achim sich kaum noch beruhigen ließ.

6

Die Straßen waren in einem katastrophalen Zustand.

Peter manövrierte vorsichtig um einen armdicken Ast, als er an Christines Haus vorbeikam und es hell erleuchtet fand. Er wäre gerne noch zu ihr hereingekommen, aber da Thomas' Wagen vor der Einfahrt parkte, fuhr er rücksichtsvoll weiter. Er hatte keinen zwingenden Grund, um diese Zeit bei ihr zu läuten, außer daß er aufgekratzt, satt und beschwipst von dem Abend war und ihn nicht zu Ende gehen lassen wollte.

Christine hatte schon vor Monaten die Rolle der Hauspsychologin bei den Stockingers übernommen, und da Betty ihm heute wie ein Vulkan in Ausbruchsstimmung vorgekommen war, nahm Peter an, daß Thomas noch mit Christine über den Abend sprechen wollte, um sich seinen Ehefrust von der Seele zu reden.

Christine psychologisierte leidenschaftlich, war gerne in Gesellschaft, wenn sie ihren mütterlichen Pflichten nachkommen mußte, und nahm es als einen angenehmen Begleitumstand, daß die späten, leisen Gespräche Achim tröstlich in den Schlaf wiegten.

Peter erinnerte sich an den Abend im familiären Wohlgefühl und ritualisierter Behaglichkeit.

Er stellte den Wagen mit dem Heck voran in seine Garage, die voll von Segelsäcken und Ersatzschoten war.

Sie hatten mit den letzten Drinks beschlossen, sich morgen am See zu treffen, daher prüfte er wie immer mit größter Sorgfalt seine Ausrüstung. Es gab nichts mehr zu tun, und so schlenderte er an seiner Werkstatt vorbei, um auch hier noch ein wenig aufzuräumen.

Auf Drängen seines Vaters hatte er ein ungeliebtes Jurastudium begonnen, war im Hörsaal ein mehr schlafender als aufmerksamer, schließlich immer seltenerer Gast, bis er das Studium abgebrochen hatte. Der Vater begrub die Hoffnung, zusammen mit seinem Sohn einmal die erfolgreiche Anwaltskanzlei führen zu können, weigerte sich fortan, den monatlichen Scheck weiterlaufen zu lassen, und überließ es Peter, selbst für seinen Unterhalt aufzukommen.

Der hatte blauäugig und frohen Mutes seinem Hobby, der Tischlerei, vertraut und sogar beachtlichen Erfolg damit.

Mit Hilfe von Fachzeitschriften, Fachbüchern und befreundeten Schreinern entwickelte er im Laufe der Jahre ein handwerkliches Können, das dem eines ausgebildeten Meisters kaum nachstand. Einen Berufstitel hatte er nicht erworben, dafür den Ruf eines zuverlässigen Kunsthandwerkers mit stetig wachsendem Kundenkreis über die Landesgrenzen hinaus.

Er fertigte nicht nur originalgetreue Kopien antiker Sammlerstücke an (mit eindeutigem Herstellungsdatum und Signatur an versteckter Stelle, um Mißbrauch vorzubeugen), er restaurierte auch Intarsienarbeiten, Tische, Kästchen und Schatullen, bearbeitete Gartenzäune und Segelboote; kurz, alles, was auch nur irgendwie noch mit Holz zu tun hatte.

Er besah sich den kniffligen Auftrag, der nächste Woche fertig werden sollte – ein Monogramm mußte neu in das geschnitzte Gartentor aus den fünfziger Jahren eingepaßt werden –, hütete sich aber, jetzt noch daran zu arbeiten und es womöglich zu verderben. Dazu war er zu überdreht.

Sollte er Christine noch anrufen? Vielleicht war sie inzwischen schlafen gegangen, und er weckte nur Achim mit der Klingelei wieder auf.

Er wanderte unstet durch die Wohnräume, die über der Werkstatt lagen, zog Schubläden bei der Suche nach Zigaretten auf und konnte sich seine Unruhe nicht erklären.

›Ein lauer Sommerabend, wie oft gibt's den schon! Ein Spitzenessen mit netten Freunden, selten! Eine süße Frau, die die Männer verrückt machte, Himmel! Zigaretten, die einem ausgegangen sind, traurig‹, tröstete er sich, suchte nach Kleingeld und fuhr noch einmal los, um sich an seinem Stammautomaten eine Packung Luckies zu ziehen.

Christine hatte noch Licht, und Thomas' Wagen stand immer noch da.

›Seltsam‹, überlegte er, ›ganz schön spät für eine Familientherapie. Ach was, die feiern sicher noch ein bißchen! So aufgekratzt, wie sich Christine gegeben hatte, könnte es durchaus sein, daß der Abend noch lange nicht gelaufen ist . . . aber da schließe ich mich an!‹

Er fuhr weiter bis zum Automaten und bog nach wenigen Minuten wieder in die Straße ein, parkte und hatte gerade den Zündschlüssel aus dem Schloß gezogen, als Christine und Thomas vor die Haustür traten.

Ungläubig betrachtete Peter das innige Bild.

Sie plauderten und lachten über irgend etwas, sie küßten sich lange und leidenschaftlich und zeigten geradezu skandalös öffentlich, wie Peter empfand – unter dem hellen Haustürlicht ihren gierigen Spaß aneinander.

Lachend trennten sie sich endlich, lachend fuhr Thomas davon, und lachend zog sich Christine ins Haus zurück.

Wieso war er nicht ausgestiegen?

Die Eindeutigkeit der Situation hatte ihn wie festgenagelt in seiner Deckung sitzen lassen.

Deckung! Als wäre er ein Heimlichtuer, ein beschissener mieser Spanner, der geil und unbefriedigt durch Schlüssellöcher geifert.

In was für eine idiotische Situation hatten ihn die beiden gebracht!

Er ließ den Motor aufheulen und raste die wenigen hundert Meter zu seiner Wohnung über abgebrochene Zweige und Äste, die krachend gegen das Bodenblech schlugen.

7

Sie hatten kein überflüssiges Wort mehr miteinander gesprochen.

Thomas hatte sich nach seinem nächtlichen Ausflug wieder unter seine Kopfhörer zurückgezogen, während Betty in der Küche rumorte. Durch Haydns Streichquartette hörte er Gläser klirren, das Besteck klappern, das Rumpeln der Spülmaschine und endlich das Zuschlagen von Bettys Schlafzimmertür.

Als er in sein Zimmer ging, sah er das unregelmäßige, blaue Flackern des Fernsehers unter dem Türspalt und vernahm abgehackte Filmmusiken und Wortfetzen: Betty zappte durch die Kanäle.

Er mußte unbedingt noch einmal Christine anrufen.

Nach einem langen Telefonat sicherte sie ihm mit gehauchten Küssen und Schwüren zu, ihn am Vormittag abzuholen. Auch sie wollte noch ein wenig mit ihm allein sein, bevor sich alle am See trafen.

Sie machte ihn sogar noch am Telefon verrückt!

Hanna brachte sie oft bei ähnlichen Gelegenheiten zusammen, was ihm und Christine schon manche Ausrede erspart hatte.

Wie anders sollten er und Betty auch die Wochenenden verbringen, die unausweichlich ihr Leben vergifteten, deren gemeinsame Stunden zäh an ihnen klebten, wie Fliegenfänger mit einer 48-Stunden-Überdosis-Todeskampf.

Da war es einfacher, sich den anderen anzuschließen. Betty war abgelenkt, und er konnte Christine sehen.

Betty vermutete schon länger, daß ihre Beziehung über ein oberflächliches Geplänkel hinausging, sie hatte es ihm eben erst wieder – betrunken und mit widerlichen Ausdrücken – ins Gesicht geschrien.

›Sie hat ja recht‹, dachte Thomas, und mit Unbehagen erinnerte er sich an seine feigen Ausweichmanöver, mit denen er sich seit Wochen einer offenen Aussprache entzogen hatte. Wenn es ihm nur nicht so schwerfallen würde, mit Betty zu reden!

Unbesonnen hatten sie ihre Liebe und Anhänglichkeit einem unabänderlichen Alltag geopfert und zu spät gemerkt, daß sie dabei auch ihre vertraute Sprache und, schlimmer noch, sogar den Respekt voreinander verloren hatten.

Die Leere wurde mit Belanglosigkeiten gefüllt, ein Sohn plärrte in die Stille und wurde ihr Lebenszweck.

Bis er auszog.

Erschöpft und unruhig war Thomas eingeschlafen.

8.30 Uhr. Viel zu früh für einen Sonntagmorgen!

Thomas lag wach. Irgend etwas war in der Küche zu Bruch gegangen, ein Glas wahrscheinlich, das Betty mal wieder zu nachlässig an den Rand des Spülbeckens gestellt und mit den weiten Ärmeln ihres Morgenrockes umgefegt hatte.

Geräusche!

Er dachte daran, wie unerfreulich der Abend zu Ende gegangen war, daß er dringend mit Betty reden mußte und sie ein Recht auf die Wahrheit hatte. Widerwillig stand er auf und schlurfte in die Küche, um sich Kaffee zu machen.

»Morgen, Betty.«

Sie lehnte rauchend am Fenster und drehte ihm demonstrativ den Rücken zu. Sie schnippte ein Ascheflöckchen von ihrer Schulter.

»Na, mal wieder feuchte Träume gehabt?« erkundigte sie sich so beiläufig, als würde sie ihm einen üblichen »Guten Morgen« wünschen.

Thomas wischte sich angeekelt über den trockenen Mund. Er dachte nicht mehr daran, schonend mit ihr umzugehen.

»Wie billig, meine Liebe! Ich denke, wir sollten uns um ein anderes Niveau bemühen. So jedenfalls nicht!« zischte er durch die Zähne.

»Auf deines vielleicht?« schrie Betty los und drehte sich abrupt zu ihm um. »Auf dein Niveau und das von deiner Schlampe? Nein danke!« Sie pfefferte ihre Zigarette achtlos in den Ausguß und kam auf ihn zu.

»Red mit mir, du Feigling, sag mir die Wahrheit!« Sie schlug sich dabei an die Brust, Zornestränen traten ihr aus den Augen. »Für wie dumm mußt du mich halten! Gib es doch endlich zu . . . und steh nicht da wie ein Idiot!«

Sie riß ein Papiertuch von der Küchenrolle, die überdreht aus der Halterung sprang.

»Was soll das, Betty?« Thomas griff instinktiv nach der Rolle, die direkt auf ihn zutrudelte. Verärgert und im gleichen Maße verwirrt bemerkte er, daß Betty übernächtigt aussah, mit geschwollenen Lidern und Tränensäcken unter den geröteten Augen.

»Ich habe euer Telefongespräch mit angehört«, sagte sie.

Sie hatte nicht einschlafen können. Sie wurde mit der unerhörten Situation, in die sie seit spätestens gestern abend wohl endgültig geraten war, nicht fertig. Was für ein Spiel trieb Christine? Und was tat Thomas ihr, Betty, damit an? Wie stand er zu ihr?

Seit zwanzig Jahren führten sie eine Ehe wie Millionen anderer auch. Sie lebten zusammen, sie waren sich unentbehrlich geworden. Oder nicht? Was hatte sich denn verändert, was ihr Leben plötzlich aus den Angeln gehoben?

Unruhig war sie wieder nach unten gegangen, um sich einen Nachttrunk zu genehmigen, als sie mit einem Blick ins Wohnzimmer bemerkte, daß das Lämpchen des Zweittelefons leuchtete, und hatte der Versuchung nicht widerstehen können. Behutsam hatte sie den Hörer abgenommen und wie gelähmt den Worten gelauscht.

». . . verlassen . . . bald . . . gib mir noch etwas Zeit . . . ich liebe dich . . .«

Ich liebe dich! Betty hatte noch, sie wußte nicht mehr, wie lange, mit dem Hörer in der Hand dagestanden und ins Dunkel gestarrt. Dann war sie wie eine aufgezogene Puppe in die Küche gegangen, hatte sich dort auf einen Stuhl gesetzt und Wein getrunken, Schlückchen für Schlückchen, als gelte es, eine Medizin einzunehmen. Und als das Glas leer war, hatte sie sich nachgeschenkt und wieder wie ein Vogel an der Tränke genippt.

Irgendwann war sie aus der Lethargie erwacht, und ihr Kopf weigerte sich, die vielen Gedanken zu verarbeiten, die in ihr schrien. Natürlich hatte sie nicht schlafen können.

»Ich habe euer Gespräch mit angehört«, sagte sie noch einmal kraftlos.

Thomas kam sich tatsächlich wie ein Idiot vor.

»Es tut mir leid, Betty, . . . ich . . .«, er war so überrascht von dem gefürchteten Moment der Wahrheit, mit dem er jetzt viel zu schnell konfrontiert wurde, daß ihm nichts Passendes einfiel. Jetzt war doch die Gelegenheit da, den Mund aufzumachen, aber er wußte nicht, wie er anfangen sollte.

Betty wußte alles, saß da in ihrer zornigen Anklage und hatte ihm Stunden des Nachgrübelns, der Vorwürfe und des Verdammens voraus.

»Geh dich anziehen«, sagte Betty eisig, die seinen jämmerlichen Anblick in dem verblichenen Pyjama nicht länger ertrug. »Mach schon!«

Thomas gehorchte.

»Und . . .?« Sie knallte ihm die Kaffeetasse vor die Nase und setzte sich ihm gegenüber. Sie hatte wieder ein Glas Wein vor sich und rauchte Kette dazu.

»Was soll ich dir sagen . . .?« stammelte Thomas verlegen.

»Alles!«

Zögernd begann er, ihr von den Spaziergängen mit Christine zu berichten, daß er sich zuerst nur hatte aussprechen wollen.

»Warum nicht mit mir?« unterbrach ihn Betty. »Ich bin doch deine Frau.«

»Ich wollte ja immer wieder mit dir reden, aber ... es ist so schwer mit dir ...«

»Wieso ist es schwerer, mit mir zu reden als mit jedem anderen?«

»Du willst oft nicht verstehen, was man dir sagt ...« Thomas fühlte sich hilflos. Er hätte sich Hanna, Peter, jedem anderen erklären können, nur nicht Betty. Er war sich der Primitivität seines Satzes bewußt, die klassische Floskel des werbenden Mannes zu seiner Geliebten: meine Frau versteht mich nicht!

Betty griff sie natürlich auf.

»Und du redest von billig! Meine Worte sind dir zu billig, aber deine Scheiße soll ich für Prosa halten, wie? Ich will dir mal was sagen, mein Lieber, es ist schon schlimm genug, daß du mich hintergangen und betrogen hast, aber billig, du Mistkerl, billig ist wahrlich und wahrhaftig, daß du mir weiterhin deine ... Hure ins Haus gebracht hast, daß ich diesem Weib meine innersten Gedanken anvertraut habe. Was müßt ihr euch doch amüsiert haben, du und dein Flittchen! ›Die dumme Kuh ist doch zu blöd, etwas zu merken‹«, äffte sie mit verzerrtem Gesicht ein imaginäres Gespräch nach, ihre Wut steigerte sich mit jedem Wort.

»Wir können so nicht reden«, sagte Thomas. »Beruhige dich doch. Ich will ja versuchen, dir alles zu erklären ...«

»Na, das versuch mal, du ... du ... Arschloch!«

»Betty!« Er griff sie am Arm und schüttelte sie. »Betty, hör auf!«

In diesem Moment klingelte es an der Haustür. Bevor Thomas es verhindern konnte, stürmte Betty in den Flur.

»Ach! Guten Morgen, Christine«, frostig betonte sie jede einzelne Silbe.

»Morgen, Betty«, Christine war etwas erstaunt, trat aber wie gewohnt ein, da Betty die Tür weit aufgerissen hielt. Christine entdeckte Thomas, der ihr mit verzweifelten Gesten und Grimassen die prekäre Situation klarmachen wollte.

»Ich komme wohl nicht gerade im günstigsten Augenblick«, Christine sah von Thomas zu Betty und wagte ein unbeholfenes Lächeln.

»Aber nicht doch, liebe Freundin. Kaffee? Oder wollt ihr lieber gleich nach oben gehen? Es ist frisch bezogen!«

Sie schlenkerte mit der Flasche Wein und füllte ihr Glas.

»Kleines Schlückchen zum Anheizen gefällig?«

Sie vernuschelte die letzten Worte, fingerte nach einer Zigarette und zielte mit dem Feuerzeug schwankend nach dem Ende, um sie anzuzünden.

Thomas deutete Christine an, daß Betty zuviel getrunken hatte.

»Na und?« trumpfte Betty auf, der die Geste nicht entgangen war. »Ich habe ja wohl auch Grund genug.«

»Ich glaube nicht, daß ich mir das länger mit anhören will«, sagte Christine und war bereits auf dem Weg zur Tür.

»Du wirst auch keine Gelegenheit mehr dazu haben«, brüllte Betty ihr hinterher. »Du hast hier nichts mehr zu suchen. Verschwinde endlich! Das hier ist ausschließlich eine Sache zwischen mir und meinem Mann!«

8

Es war gerade halb elf, als das Telefon klingelte. Hanna ging mit der Kaffeetasse von der Terrasse in ihr Wohnzimmer und meldete sich.

»Morgen, Schätzchen«, jubelte Peter glockenwach in den Hörer. »Hab ich dich etwa geweckt?«

»Bei dem Wetter? Aber nein, ich bin schon seit halb sieben auf Schneckenjagd.«

»Dann laß jetzt die armen Viecher in Ruhe und spendier mir einen Kaffee.«

»Aha, die Wochenendebbe! Komm rüber, ich freu mich.«

Hanna nahm gleich ein zweites Gedeck mit hinaus in den Garten. Da Peter im Nachbarort wohnte, keine zwei Kilometer von ihr entfernt, würde er sicher in wenigen Minuten in der Einfahrt stehen.

Tatsächlich fuhr auch bereits ein Wagen auf ihre Häuser zu, hielt aber vor Bettys und Thomas' Tür.

»Ach! Guten Morgen, Christine.«

»Morgen, Betty«, hörte Hanna entfernt die Begrüßung, dann, ebenfalls gedämpft durch die Büsche, das heftige Zuschlagen der Haustür.

Kurz danach tauchte Peters Kombi auf.

»Frühstück!« frohlockte er in Anbetracht des gedeckten Tisches und gestand, als Selbstversorger mal wieder kläglich versagt zu haben.

Hanna rauchte die erste Zigarette zu ihrem Kaffee, während Peter über die Croissants herfiel.

»Ist ein guter Wind da draußen«, sagte er. »Laß uns bald losfahren, ja?«

Hanna zögerte.

»Wir sind doch nachher mit Betty und Thomas am See verabredet . . .«

Peter verzog das Gesicht und schob sein Kinn Richtung Grundstücksgrenze.

»Die beiden Streithähne sehen wir noch früh genug!«

»Die vertragen sich schon«, winkte Hanna ab. »Ist doch immer dasselbe. Ich müßte nur noch ein paar Kleinigkeiten herrichten . . .« Den Spaß, jetzt segeln zu gehen, ließ sie sich doch nicht wegen ungerupfter Salatblätter entgehen! Dann wurde eben improvisiert! Und das Ratatouille rüttelte sich auf der holprigen Landstraße von ganz alleine zusammen.

»Zehn Minuten?« bettelte Hanna.

»Fünf!« sagte Peter streng und scheuchte sie mit einer Handbewegung ins Haus.

»Tag, Betty«, Hanna klemmte den Hörer mit der rechten Schulter ans Ohr und packte dabei ihre Sachen zusammen. »Ich fahre schon früher zum Segeln runter. Mit Peter. Wir treffen uns um zwei in der Bucht . . .«, erklärte sie atemlos, um Betty keine Gelegenheit für ein ausschweifendes Gespräch zu geben.

Betty versuchte zwar, etwas zu sagen, kam aber nicht gegen Hanna an.

»Tut mir leid, aber Peter hat es wahn-sin-nig eilig, und ich bin ü-ber-haupt noch nicht fertig. Wir sehen uns ja nachher, dann kannst du mir alles in Ruhe erzählen . . . wir finden schon ein Plätzchen, natürlich, nur wir beide . . . bis später.«

»Puh! Dieser Wichtigpinsel da drüben! Aus jedem Scheiß wird ein Riesentamtam gemacht. Gleich abwürgen und fertig!« Hanna legte auf und schaute gehetzt zum Küchenfenster hinaus, aber Peter stand seelenruhig am Gartentor und plauderte mit Christine, die Achim im Kinderwagen festzurrte.

Hanna sah, daß Christine verärgert den Kopf schüttelte.

». . .auf jeden Fall!« hörte sie Peter noch erregt hinterherrufen. Christine nickte nur eine Art Zustimmung über die Schulter und ging, ohne sich noch einmal umzudrehen.

»Hattet ihr etwa Streit?« fragte Hanna verblüfft.

Peter kam grinsend auf sie zu und nahm ihr die Tasche ab.

»Aber nein!« Er verstaute die Lebensmittel und Flaschen in einer Kühlbox im Kofferraum und blickte vielsagend zu Bettys Haus.

»Da drüben muß der Teufel los sein . . . Betty . . .«, er hob ein nicht vorhandenes Glas zum Mund und verdrehte dabei die Augen. »Und zwar ordentlich! Ich habe Christine nur gesagt, daß wir schon fahren und sie dann später am See treffen und daß wir zwei Hübschen noch vorher auf Aufreißertörn gehen«, sagte er unverschämt und klemmte sich hinter das Steuer. »Komm schon!«

»Das sah aber ganz anders aus«, Hanna hatte Peters übertriebene Heiterkeit längst durchschaut. »Also, was hat Christine dir wirklich gesagt?«

»Ich erzähl's dir unterwegs. Eine blöde Geschichte«, meinte er nachdenklich.

9

Betty hätte fast das Gleichgewicht verloren. Schwankend hielt sie sich am Spülstein fest, ihr Atem flog, und das Herz schien ihren Brustkorb zu sprengen. Das Zuschlagen der Haustür dröhnte ihr noch in den Ohren, und sie entsann sich der heftigen Szene, die sich zuletzt zwischen ihnen abgespielt hatte.

In rasender Wut hatte sie ihr Glas nach Thomas geworfen und ihn um Haaresbreite verfehlt. Er hatte sie immer wieder angefleht, sich zu beruhigen, und sie damit nur tiefer in Widerspenstigkeit getrieben, wie in ein Labyrinth, aus dem sie sich nicht mehr befreien konnte.

»Geh ihr doch gleich hinterher!« Sie hatte ihm ins Gesicht geschlagen, ihn in den Flur geboxt und zur Tür getrieben. »Flittchen ... Hure ... Schlampe ...«, sie hatte ihm die unflätigsten Worte entgegengespuckt, die ihr eingefallen waren. Thomas hatte nur noch den Kopf geschüttelt und, wie unter einer schweren Last gebeugt, das Haus verlassen.

»Mit dir ist nicht mehr zu reden, Betty!«

Erschöpft stierte sie in den übervollen Aschenbecher und genehmigte sich ein weiteres Glas Wein. Die Schreierei hatte sie durstig gemacht. Ihre eigenen Gedanken verunsicherten sie, ließen sie minutenlang hilflos auf dem Sofa kauern oder machten sie unerwarteterweise stark.

Hanna! Sie mußte mit Hanna reden! Sie mußte das Treffen absagen und ihr von dieser entsetzlichen Sache erzählen. Irgend jemandem mußte sie sich jetzt anvertrauen.

Die Stille des Hauses legte sich bedrohlich auf ihre verletzte Seele und schnürte ihr die Kehle zu. Sie rang nach

Luft und riß das Fenster weit auf, um Geräusche hereinzulassen. Geräusche und den Duft des Sommers.

Langsam beruhigte sie sich und griff zum Telefon. Nein, sie würde nicht absagen! Sie würde nicht in dem stickigen, düsteren Haus versauern, während das Pärchen durch den lauschigen Wald spazierte!

Hanna hatte keine Zeit, mit ihr zu reden, fiel ihr ständig ins Wort und beendete vorzeitig das Gespräch. Sie war bereits mit Peter unterwegs, um sich einen schönen Tag zu machen.

O nein! Betty würde sich diesen Tag ebenfalls nicht verderben lassen. Im Gegenteil! Sie würde sich nichts anmerken lassen und über dieser dummen Sache stehen! Zwanzig Jahre wischt man nicht wie einen Brotkrümel vom Tisch!

Sie wusch sich mit kaltem Wasser das Gesicht und überdeckte mit wenig Make-up die verräterischen Spuren der vergangenen Stunden. Sie sah wieder ganz passabel aus, fand sie, und die müden Fältchen um die Augen würde man hinter der großen Sonnenbrille nicht sehen.

Sie zog den beigen Leinenanzug an und beglückwünschte sich zu ihrer bewunderungswürdigen Haltung, die sie den widrigen Umständen entgegenzusetzen hatte.

Gegen halb eins verließ sie das Haus und vergaß zum erstenmal, die Fenster zu schließen.

Sie sah auch nicht ihren Mann, der nachdenklich auf der Gartenbank gesessen hatte und ihr nun erstaunt hinterherblickte. Er schüttelte den Kopf, ging über die Terrasse ins Haus und klemmte sich unter seine Kopfhörer.

Betty torkelte über den Ackerweg, der sie querfeldein zu dem lichten Wäldchen oberhalb des Sees führte. Bald fand sie zu ihrem Gleichgewicht zurück und verfiel in einen schlendernden Laufrhythmus, der ihren Alkoholpegel überspielte und einem sonntäglichen Spaziergänger angemessen schien. Sie nutzte die vielen Aussichtsbänke zum Verschnaufen und stillte ihren Durst mit Wein, den sie versteckt in der Badetasche trug; nicht ohne sich vorher verstohlen umzusehen, ob sie zufällige Beobachter hatte.

Sie war fast am Badestrand, tappte vorsichtig den steilen Waldweg hinunter, der nach dem Sturm vom Vortag mit abgebrochenen Ästen übersät und tückisch rutschig war.

Sie verfing sich in einem Zweig und stolperte . . .

»Geht's wieder?« erkundigte sich eine fremde Stimme. »Sie waren ja richtig abgetreten! Eine kurze Ohnmacht wahrscheinlich . . .«

Der Unbekannte half ihr auf die Beine und stützte sie.

»Alles in Ordnung?«

Betty fühlte einen leichten Schmerz im rechten Handgelenk, auf das sie vermutlich gestürzt war, zupfte ihre Jacke zurecht und nickte verwirrt.

»Danke. Ich . . . danke Ihnen.«

»Einen schönen Tag noch. Auf Wiedersehen«, grüßte der Mann und setzte seinen Aufstieg zum Wäldchen fort.

Betty brauchte dringend einen Schluck Wein, der Adrenalinschock hatte sie beinahe ernüchtert. Sie wollte sich unbedingt diesen ausgependelten Zustand erhalten.

Nachlässig wischte sie die Erdkrümel von ihrer Hose, strich sich die Haare aus dem Gesicht und erreichte schließlich die von Büschen eingerahmte Parkbank, von wo man einen guten Überblick auf den See und den Strand hatte.

Betty suchte angestrengt das Ufer ab. Die Gesichter verschwammen vor ihren Augen, es wollte ihr nicht gelingen, ihnen klare Umrisse zu geben.

Nicht weit von ihrer Bank machte sie Achim in seinem Kinderwagen aus, der, von dem blauen Schirmchen geschützt, fast in einer halbrunden Bucht verschwand, die von Ufersträuchern umsäumt wurde.

Aber wo war Thomas, wo war Christine?

Die Bilder tanzten vor Bettys Augen, die Dinge verdoppelten sich, den Menschen folgten wie Geister dieselben Menschen. Das blaue Schirmchen hüpfte als Kaleidoskop in den Horizont und raste wieder zurück, bis es den Blick zustellte und das helle Blau ihr in den Augen brannte.

10

Das Segelboot, ein »Pirat«, dümpelte hilflos dem Ufer entgegen. Die Vorschot hing im Wasser, Fock und Großsegel schlabberten mal zur einen, mal zur anderen Seite. Das kleine Boot drohte zu kentern, weil die zwei jungen Männer die Flaute zu feuchtfröhlichem Unsinn nutzten. Sie wippten und kippelten den »Piraten«, bis die Bordwände fast unter die Wasserlinie gerieten.

Ausgelassen schrien sie sich blödsinnige Kommandos zu, und ihr Lachen drang bis zu dem großen Anlegesteg, auf dem sich eine bunte Ansammlung von Touristen und Ausflüglern über die komische Vorstellung amüsierte. Man hing lässig über der Brüstung, gab groteske Anweisungen, hämische Kommentare, lästerte oder winkte einfach bloß aufmunternd den beiden zu.

An der gegenüberliegenden Brüstung entstand plötzlich

Unruhe in der flanierenden Menge, ein Mann drängelte zum Ende des Steges, hob die Hände über den Kopf und wedelte mit den Armen, um die jungen Männer im »Piraten« auf sich aufmerksam zu machen; eine große Geste, um die kleine Mücke vom See zu scheuchen.

Gleichzeitig ertönte das Signalhorn der »Seeshaupt« zum erstenmal. Unbemerkt in dem fröhlichen Tumult und Stimmengewirr war das Flaggschiff der »Weißen Flotte« herangeglitten und drohte das kleine Segelboot zu rammen.

Die »Seeshaupt« steigerte ihr ärgerliches Warnen, und zwei Matrosen fuchtelten mit Enterhaken am Bug, um den »Piraten« von sich abhalten zu können.

Die Segel hatten den jungen Männern die Sicht genommen, aber jetzt sahen auch sie die Gefahr auf sich zukommen und gerieten in Panik. In letzter Sekunde besannen sich die beiden auf die naheliegendste Ausweichtechnik: sie ließen die Schoten los und paddelten aus Leibeskräften und unter dem Gejohle und Beifall der Zuschauer aus der Gefahrenzone.

»Diese Idioten! Mann, die können froh sein, wenn der Kapitän ihnen keine Anzeige verpaßt. So was Leichtsinniges!« Peter takelte schimpfend sein Boot ab. Sie hatten gebannt dem aufregenden Intermezzo zugesehen und die Erleichterung gespürt, die als allgemeines Aufatmen aus der Menge kam.

Hanna winkte Christine zu, die lachend vom Steg stolperte, und bedeutete ihr, daß sie gleich zu ihr herüberkommen würden.

Christine winkte zurück und zeigte ihrerseits zu der Gebüschnische, daß sie dort zu finden sei.

»Mal angenommen, die wären tatsächlich gekentert«, sagte Hanna gerade, »könnte der Sog der Schiffsschraube von so einem Dampfer eigentlich stark genug sein . . .«, als sie von einem gellenden Schrei unterbrochen wurde.

Hanna würde diesen grauenhaften Schrei niemals in ihrem Leben vergessen!

Ihr Blick flog über den Strand. Einen kurzen Moment lag absolute Stille über dem Uferstreifen, dann setzten sich einzelne Menschen in Bewegung, schienen ein gemeinsames Ziel zu haben und schoben Sträucher auseinander, wo sie den Ursprung des Schreis vermuteten. Hanna und Peter entdeckten gleichzeitig den umgekippten Buggy und rannten los.

Sie mußten die Leute beiseite schieben.

». . . oh, wie entsetzlich . . .«,

». . . grauenhaft . . .«

». . . was für eine Tragödie . . .«

». . . jemand muß die Polizei verständigen . . .«

Christine hockte in einer trüben Pfütze und hatte Achim im Arm. Mit ihren Händen strich sie ihm wieder und wieder über das Gesicht, sog und leckte wie eine Hündin den Schlamm aus seinem Mund, der Nase, pulte Erdbröckchen und Sand aus dem kleinen Hals.

Hanna beugte sich zu ihr herunter. Christine sah sie nur ausdruckslos an und stieß sie weg.

Tatenlos mußte sie zusehen, wie Christine, mit lehmverschmiertem Gesicht, unentwegt weiter Schlamm aus den kleinen Körperöffnungen holte.

Fünf Minuten später, Hanna meinte, eine Ewigkeit darauf gewartet zu haben, hörten sie die Sirenen eines Polizei- und Krankenwagens.

Peter sprang aus dem Streifenwagen, den er auf der Seestraße aufgehalten hatte, um schneller die Unglücksstelle zeigen zu können, und lief den Sanitätern voraus.

Als ob sie beim Eintreffen der kompetenten Helfer alle Kraft verlassen hatte, ließ sich Christine willenlos Achim aus den Armen nehmen. Wie sie vorher mit bestialischem Mut ihrem Jungen das Leben retten wollte, so abgrundtief stürzte sie jetzt in eine dunkle Hoffnungslosigkeit. Sie wußte Bescheid, noch bevor der Arzt bedauernd den Kopf schütteln würde.

Ihr Körper verkrampfte sich mit heftigem Zittern, die Sanitäter legten ihr eine Decke um und führten sie zum Rettungswagen, wo sie ihre erste Beruhigungsspritze bekam.

Hanna hatte ihren Arm um sie gelegt und verhinderte, indem sie ihren Kopf zu sich heranzog, daß Christine das Bündel auf der anderen Pritsche liegen sah. Auf der Fahrt zum Krankenhaus kümmerte sich der Notarzt um das Kind, gab kurze, präzise Anweisungen, aber bestätigte bereits Hannas fragendem Blick, daß Achim nicht mehr am Leben war.

11

Peter hatte angefangen, Christines Sachen zusammenzuräumen. Ein Paar mittleren Alters, vielleicht Eheleute, die hier Ferien machten, versuchten, ihm dabei zu helfen, aber da sie nicht wußten, welche Sachen dazugehörten und welche nicht, zogen sie sich bald verlegen und mit geflüsterten Mitleidsbekundungen zurück.

Die Menge hatte sich wieder verstreut. Man saß miteinander tuschelnd auf den Handtüchern, hatte den neugierigen Blick hinter einem Buch oder einer Zeitung versteckt oder war sogar wieder schwimmen gegangen. Das fröhliche Kreischen der Kinder, die mit einem Gummikrokodil kämpften, gellte rücksichtslos in Peters Ohren.

›Die warten sicher nur darauf, daß ich hier endlich verschwinde, daß ich ihnen nicht länger den Tag verderbe mit meinem Anblick ...‹

Wieso drehte sich die Erde überhaupt weiter, warum blieb sie nicht wenigstens für ein paar Sekunden stehen, um Achim zu verabschieden? Und wer kannte schon das kurze bißchen Leben gut genug, um es gebührend betrauern zu können?

Die Mütter und Väter waren glücklich, ihren Kindern beim Planschen zusehen zu können, und würden wahrscheinlich nur etwas mehr auf die unheimlichen Schlammpfützen achten, die hinter den Büschen lauerten.

Verbittert wandte er sich zum Gehen, als sein Blick von einer verwüsteten Gestalt neben der Parkbank angezogen wurde.

Betty stand unsicher auf ihren Beinen, kippelte nach vorne, hielt sich an dem vermoosten Stamm eines Baumes fest und fuhr sich mit grünlich verschmierter Hand über die Stirn.

»Was ... glotzt du mich so an?« Irritiert betrachtete sie ihre glitschige Handfläche und wischte sie gedankenlos an ihrer Jacke ab, wo ihre Finger grüne Streifen hinterließen. Sie sprach nur mit Mühe, als ob ihr die Worte am Gaumen klebten, sie fuhr sich mit der Zunge über die trockenen Lippen, ihre wäßrigen Augen suchten verzweifelt einen Anhaltspunkt, an dem sie zur Ruhe kommen könnten.

»Ich hab doch noch . . .«, sie kramte in ihrer Umhängetasche, taumelte zur Seite und krachte mit der Hüfte an die Banklehne. Im Fallen riß sie die Flasche Wein aus dem Beutel und hielt sie sicher in Armeslänge von sich, als sie auf dem Kies landete. Ein lautloses Lachen glitt über ihre verwirrte Miene. Sie rappelte sich halbwegs in Sitzposition und nahm einen kräftigen Schluck.

»Oh, mein Gott!« Peter konnte sich nicht daran erinnern, jemals einen Menschen in so einem erbärmlichen, aufgelösten Zustand gesehen zu haben. »Du bist ja völlig abgetreten!«

Betty sah mit glasigem Blick zu ihm auf, hatte aber keine Gewalt mehr über ihren Kopf, der haltlos in alle Richtungen schwankte.

Peter konnte sie auf keinen Fall da sitzen lassen und hakte sie energisch unter. »Komm schon, hoch mit dir!«

»Was'n los?« Wie eine trotzige Göre wehrte sie seinen Griff ab und machte ein Schmollmündchen.

Peter hatte jetzt wirklich keine Geduld mehr für ihre Mätzchen und riß sie grob an den Schultern hoch.

»Achim ist tot!« Er suchte nach dem Aufblitzen eines Begreifens in ihren vernebelten Augen. »Christine ist im Krankenhaus . . .«

»Die . . . Schlampe . . .«

Peter schlug Betty ins Gesicht. Rechts, links. Er wußte nicht, was er noch tun sollte. Ein paar Leute starrten zu ihnen herüber, verharrten aber in respektvollem Abstand und hielten die Szene wahrscheinlich für einen Nervenzusammenbruch nach dem tragischen Unfall.

Die Ohrfeigen hatten Betty so weit aus der Trance geholt, daß sie sich wie eine Marionette an schlecht geknüpften Fäden zum nahe geparkten Auto führen ließ.

Peter hievte sie mit aller Anstrengung auf den Beifahrersitz, auf dem Betty kraftlos in sich zusammensackte, nur ihr Kopf rollte während der Fahrt mal zu der einen oder anderen Seite, ein dünner Spuckefaden sponn ein feuchtes Netz über ihr Revers.

Peter parkte so nahe wie möglich zum Eingang und schob Betty zur Beifahrertür. Er hupte Thomas aus dem Haus, und gemeinsam schleppten sie den fast bewußtlosen Körper ins Wohnzimmer, um ihn unsanft auf dem Sofa abzulegen.

Peter gab Thomas einen knappen, schonungslosen Bericht und wollte weiter, um Christine und Hanna vom Krankenhaus abzuholen. Thomas krallte sich bleich an seinen Arm.

»Christine! Wie geht es ihr?«

Peter befreite sich von ihm und hob verzweifelt die Hände zum Himmel. »Was glaubst du denn?«

»Laß mich Christine holen. Sie braucht mich jetzt. Ich fahre zum Krankenhaus«, er wollte Peter zur Seite schieben und hielt plötzlich inne. »Christine und ich . . .«

»Ich weiß«, sagte Peter knapp. »Es war letzte Nacht kaum zu übersehen.«

»Weißt du«, Thomas schaute wie ein geprügelter Hund rasch zum Sofa, »es kann mit Betty so nicht weitergehen. Ich meine ja nicht den Alkohol, das verstehe ich sogar in der jetzigen Situation, ich meine unsere Ehe. Ich liebe Christine«, stammelte er. »Du kannst doch verstehen, daß ich jetzt zu ihr muß?«

»Kann ich nicht und du wirst es auch nicht!« Peter war von der anbiedernden Larmoyanz gereizt. Hatte dieser Idiot denn nichts begriffen? Achim war erst seit einer Stunde tot, und diesem wimmernden Jammerlappen ging es um nichts anderes als um seine beschissene Ehe!

»Kümmere dich gefälligst erst mal um deine Frau! Du siehst doch, in was für einem Zustand sie ist. Hol einen Arzt, laß ihr den Magen auspumpen, oder bleib einfach nur bei ihr sitzen und paß auf, daß sie nicht erstickt, wenn's ihr hochkommt. Aber bleib bloß hier! Du kannst uns jetzt doch nicht helfen . . .«, genervt hetzte Peter zum Auto und ließ Thomas in seinem Unglück zurück.

Thomas fühlte sich abgekanzelt. Sein Magen rebellierte, als er hilflos neben Betty stand und das Motorengeräusch sich in der Ferne verlor. Warum stotterte er vor Peter wie ein ertappter Schuljunge, der mal wieder versagt und einen Sechser heimgebracht hatte? Mußte Peter ihm erst seinen Platz zuweisen, den er, verdammt noch mal, einnehmen sollte, hier bei dem Röcheln und Stöhnen dieses Wracks auf dem Sofa, dessen Nähe ihm körperliches Unbehagen, ja Ekel einflößte?

Er starrte auf Betty hinunter, die kaum einen Meter von ihm ins Alkoholnirwana abgetreten war und in die Polster sabberte.

Er könnte ihr ein Kissen auf das Gesicht drücken, ihr Speisereste in den Hals stopfen, er könnte ihr vielleicht auch bloß die Nase zuhalten und so lange Alkohol und Tabletten in sie hineinpressen, bis alles vorbei war. Was für eine Gelegenheit, mit Peter als Zeugen, der selbst von der Möglichkeit des Erstickens gesprochen hatte!

»Stirb doch einfach!«

Er war unfähig, sich zu rühren. Ein Sterbender sah angeblich noch einmal sein Leben im Zeitraffer, und er sah sein Leben mit Betty, die guten und die schlechten Tage. Hatten Todgeweihte und Mörder dasselbe Erlebnis?

Er wollte vor der Ungeheuerlichkeit seiner Gedanken davonlaufen, blieb aber wie gelähmt an seinem Platz stehen.

Zukunftsängste, eine verlorene Vergangenheit, Betty, Christine . . . Achim!

Sein Magen verkrampfte sich, und er mußte sich zu Bettys Füßen übergeben.

Hanna und Christine warteten auf der Besucherbank, als Peter endlich im Krankenhaus eintraf. Der behandelnde Arzt wollte Christine über Nacht dabehalten, was sie aber abgelehnt hatte. Sie wollte nach Hause, zu ihrer Mutter. Hatte jemand ihre Mutter angerufen? Sie hatte doch irgendwo die Nummer des Hotels in Berlin. Hanna redete beruhigend auf Christine ein. Ja, sie würde gleich anrufen, sobald sie sie heimgebracht hätten, aber ja, ihre Tasche läge im Auto.

Als Hanna mit ihr auf dem Rücksitz saß, weinte Christine still in sich hinein, matt vor Erschöpfung und apathisch von den Beruhigungsmitteln.

Hanna brachte sie zu Bett, während Peter den Hausarzt anrief, der auch sofort vorbeikam, um Instruktionen für die Nacht zu geben.

Nachdem der Arzt gegangen war, saßen Hanna und Peter flüsternd in dem kleinen Wohnzimmer in Christines

Wohnung, denn Marianne war vor morgen nachmittag nicht zu erwarten.

Die Tür zum Schlafzimmer stand halb offen, damit sie Christine beobachten und hören konnten.

»Geh nach Hause«, sagte Peter müde. »Ich leg mich gleich hier auf das Sofa. Ist doch gut, wenn ein kräftiger Kerl im Haus ist, falls was sein sollte.« Er lächelte gequält. »Und was soll schon groß sein? Wir sind doch alle fertig, und Christine wird durchschlafen, da bin ich mir sicher.«

»Ich bleibe bei dir, wenn du willst . . .«

Aber Peter winkte weich ab. »Nimm meinen Wagen . . . und laß mir noch ein paar Zigaretten da. Wenn du Kleingeld für den Automaten brauchst . . .«

»Laß gut sein, Peter«, Hanna nahm den Wagenschlüssel entgegen und schaute noch einmal zu Christine.

»Sie schläft.« Sie drückte ihren Freund tief in die Sofakissen. »Versuch's auch und ruf mich an, wenn du mich brauchst!«

»Mm, ja . . .«, murmelte Peter und hörte gerade noch die Haustür zugehen.

»Thomas?«

Peter fuhr aus dem Halbschlaf und rannte zu Christine. Wie lange hatte er geschlafen? Er schaute auf seine Armbanduhr. Halb zwölf. Hanna war vor zehn Minuten gegangen.

»Thom . . .« Christine lag in ihren naßgeweinten Haaren und war wieder eingenickt. Vorsichtig hob er ihren Kopf und wechselte das Kopfkissen aus.

»Mein armer Schatz«, flüsterte er und strich ihr liebevoll die feuchten Strähnen aus der Stirn. »Mein armer, armer Liebling.«

12

»Fünf Tote! Die traurige Bilanz eines Wochenendes«, las Hanna die fettgedruckte Überschrift in der Montagsausgabe des ›Wolfratshauser Anzeigers‹, »... drei Segler bei Sturmböen bis 120 Kilometer pro Stunde im Starnberger See ertrunken. Zwei Badeurlauber am Ammersee mußten ihr leichtsinniges Verhalten mit dem Leben bezahlen«, besagte die darunter gesetzte Zeile. Das großformatige Foto zeigte einen Teil des verwüsteten Uferbereichs: ein umgestürzter Baum hatte mit seinen Wurzeln die Uferstraße aufgerissen. ›Wie in meinem Garten‹, dachte Hanna. Die Krone lag quer über den zersplitterten Dachbalken des berühmten Fischerhauses, das auf unzähligen Postkarten als typisches Beispiel oberbayrischer Seenarchitektur abgebildet war.

Der Reporter beschrieb hysterisch die kleinen und größeren Katastrophen am Rande des Chaos. Das Sensationelle dieses einen Nachmittages entschädigte ihn wohl für die langweiligen Gemeinderatssitzungen, die Heimatvereine und silbernen Hochzeiten, die er abklappern mußte. Seine Gefühlsduselei gipfelte in der Beschreibung einer Rettungsaktion für einen Rauhhaardackel, der in einen Bach gefallen war.

Angewidert knickte Hanna den oberen Teil der Zeitung nach hinten.

Sie betrachtete mißmutig den sonnigen Garten, die auf- und abwärtsschwebenden Mückenschwärme über dem üppigen Staudenbeet, den strahlend blauen Himmel. Der milde Karamelduft ihres Kaffees lag über der Terrasse.

›Das paßt doch alles nicht zusammen!‹ dachte sie traurig.

Sie nahm sich wieder die Zeitung vor. Unten rechts war eine kurze Notiz in die Spalte gequetscht worden:

»Tragischer Unfalltod in Ambach. Am Sonntagnachmittag ertrank Achim E. (8 Monate) in einer Schlammpfütze am Strand des Starnberger Sees. Seine alleinerziehende Mutter Christine E. (25) hatte den Kinderwagen angeblich nur wenige Minuten aus den Augen gelassen. Ob der Junge aufgrund eines Materialfehlers am Gurt aus dem Wagen fiel oder eine Vernachlässigung der Aufsichtspflicht vorliegt, muß noch geklärt werden. Christine E. erlitt einen schweren Schock und mußte vom Notarzt versorgt werden.«

Basta. Punkt!

Hanna knüllte gereizt die leere Camelpackung und holte aus der Küche Nachschub, als Peter sich über Christines Autotelefon meldete.

»Peter! Wie geht es euch? Hast du schon den Mist in unserem Käseblättchen gelesen? Wieso denn unterlassene Aufsichtspflicht? Das hört sich ja beinahe so an, als sei Christine selbst schuld . . .«

Peter unterbrach sie. »Mal langsam! Ich bin sowieso auf dem Weg zu dir. Es gibt Neuigkeiten. Sei ein Schatz und mach mir einen extra starken Kaffee, bitte! Ich habe die ganze Nacht fast kein Auge zugemacht.« Er fluchte leise, und Hanna hörte, wie er die Gänge wechselte.

»Peter?«

». . . einen Eimer Kaffee, wenn's geht.«

Die Sonne stand jetzt hoch. Hanna spannte gerade den Schirm über den Gartentisch, als Peter eintraf. Mit dem zerknitterten Hemd über den verblichenen Jeans, den blonden, wirren Haaren und den vor Übermüdung geröteten Augen in dem blassen Gesicht sah er gespenstisch aus.

Während ihn Hanna mit Kaffee versorgte, gab Peter einen kurzen Bericht. Die Nacht sei einigermaßen ruhig verlaufen, natürlich war Christine hin und wieder wach geworden und habe geweint, aber wann immer er zu ihr gegangen war, sei sie bereits wieder eingeschlafen.

»Heute vormittag um acht stand plötzlich die Polizei mit einer Frau vom Jugendamt vor der Tür. Da der Vorwurf der unterlassenen Aufsichtspflicht nun einmal in das Protokoll geraten sei, müßten einige Fragen gestellt werden. Reine Formalität, sagten sie. Christine war einigermaßen gefaßt und unterschrieb ihre Aussagen, ... bis«, Peter schüttelte sich bei dem Gedanken, »bis dieses dumme Weib meinte, von ihrer Seite bestünden keine Bedenken mehr, die Kindsleiche einem Bestattungsunternehmer zu übergeben!«

»Kindsleiche übergeben?« fragte Hanna entsetzt. Ja, worüber sprachen denn diese Leute? Über einen eingeschläferten Hund? Irgendeinen Kadaver? Beamtendeutsch! Taktlos, unmenschlich, erbarmungslos, aber so überaus korrekt. Und die arme Christine hatte sich das anhören müssen. Kindsleiche? Es war doch ihr Sohn, Achim!

Peter wußte, was Hanna durch den Kopf ging, und drückte ihre Hand. »Der Arzt hatte, Gottseidank, ein paar Beruhigungstabletten dagelassen, die halfen erst einmal, nachdem die Beamten wieder gegangen waren.«

»Aber Peter, man kann doch Christine unmöglich in diesem Zustand allein lassen!«

»Natürlich nicht. Marianne rief schon von unterwegs an. Sie müßte gegen drei Uhr heute nachmittag eintreffen. Außerdem ist Thomas jetzt bei ihr«, er rekelte sich steif. »Das war ja wohl auch nicht anders zu erwarten.«

Hanna musterte ihn mit hochgezogenen Augenbrauen, leicht irritiert von dem Unterton in seiner Stimme.

Als ob er das alles schnell vergessen wollte, sprach Peter bereits weiter. »Er hat mich regelrecht zur Tür rausgeschoben. Er will sich jetzt selbst um alles weitere kümmern. Behördengänge, Papiere, Termine, du weißt schon . . .«

Peters Schultern sackten langsam nach unten, und seine Augenlider flackerten, als die unvermeidliche Müdigkeit die Anspannung der letzten Stunden löste. Er wollte und konnte nicht mehr weiterreden.

Hanna rührte in ihrem Kaffee und hätte gern noch ein paar Fragen gestellt, aber sie sah, daß Peter bereits die Augen geschlossen hatte. Sie schubste ihn leicht an, bugsierte ihn mit sanfter Bestimmtheit ins Gästezimmer, vergewisserte sich, daß er eingeschlafen war, und kehrte nachdenklich auf ihre Terrasse zurück.

Vor gerade einmal zwei Tagen war sie in Hochstimmung aus der Stadt gekommen, voll Vorfreude auf ein unbeschwertes Wochenende, das schließlich zu diesem Albtraum geworden war.

Ihr Blick schweifte zu der Baumruine im hinteren Garten. Der Krater erinnerte sie an ein Grab, das in den nächsten Tagen ausgehoben werden würde. Sie nahm den feuchten, modrigen Geruch wahr, den die Sonne aus dem Erdreich lockte, und sah schnell zum Nachbarhaus hinüber, das trutzig und verschlossen in der behaglichen Wärme des Spätsommernachmittages stand, dicht umsponnen von wildem Wein und einer cremeweißen Kletterrose.

Von Betty war weit und breit nichts zu sehen.

13

Der flirrende Sommer wich unaufhaltsam den klareren Herbsttagen, in den Morgenstunden lagen schon Nebelbänke über dem See, und hier und da kräuselten sich die ersten Rauchwölkchen aus den Gärten, die der Säuberungswut ihrer Besitzer ausgeliefert waren.

Auch Hanna sammelte ein paar Astreste des gefallenen Ahorns zusammen und lagerte sie an ihrem neuen Maschendrahtzaun. Wo noch vor drei Wochen der häßliche Krater ihren Garten verschandelt hatte, war nun frisch aufgefüllter Humus, in dem zwei mickerige Spiersträucher steckten.

In spätestens zwei Jahren würden die beiden traurigen Gestalten zu prächtigen Büschen heranwachsen und den billigen Zaun verdecken. Sie harkte die letzten Zweige auf die locker verteilten Äste, die zusammen mit dem Herbstlaub Grundlage für eine Igelbehausung sein sollten.

Es waren drei trostlose Wochen gewesen. Einen Tag nach der Beerdigung hatte Marianne darauf bestanden, mit Christine Urlaub zu machen.

Achims Tod hatte sogar Journalisten der großen Illustrierten in Bewegung gesetzt, die das tragische Geschehen für anrührende Artikel ausschlachten wollten: Im Mittelpunkt Marianne, als prominentes Mitglied des Landtages mit Ambitionen nach Bonn und Berlin; hübsch und klug, dabei zart und verletzlich.

Aber Marianne hatte es vorgezogen, auf diese fragwürdige Propaganda zu verzichten, und war mit Christine abgereist, um Abstand zu gewinnen, wie sie sagte.

›Von Thomas natürlich auch‹, dachte Hanna. Was für ein unglücklicher Zeitpunkt, sich nach so langer Zeit in die Affäre ihrer Tochter einzumischen!

Aber es schien Marianne auch nicht gelungen zu sein, denn seitdem Christine wieder zurück war, verließ Thomas immer öfter das Haus, um irgendwann spät abends oder gar nicht heimzukommen.

Hanna seufzte und schielte zum Nachbarhaus. Seitdem pflegte auch Betty wieder bei ihr aufzutauchen, wann immer es ihr in den Sinn kam. Lästig!

Hanna warf die Harke in den vergammelten Schuppen, der an dem alten Holunder klebte, und sah sich prüfend im Garten um.

Es war Ende September. In wenigen Tagen hatten die Blätter ihr Grün verloren und schwebten schon in Ocker- und Rottönen zu Boden. Lächelnd stellte sich Hanna das unsichtbare Treiben der tausend stillen Ureinwohner vor, die unter ihren Füßen in der Erde wühlten und Humus aus den Blütenresten machten. Sie liebte den Wechsel der Jahreszeiten. Sie genoß die Melancholie eines grauen Novembertages ebenso wie die Märzsonne, die frühe Krokusse und Tulpen in die Beete zauberte.

»Halloo!«

Hanna erschrak. Sie wußte in diesem Moment, daß die besinnliche Stunde ein Ende gefunden hatte. Betty stand fröhlich winkend auf Hannas Terrasse, in einem schwarzen Strickkleid, mit frisch getöntem, mahagonibraunem Pagenkopf.

Herzlich umarmten sie sich. Es tat Hanna leid, daß sie zu schnell mit Betty die Geduld verlor. Im Grunde war sie doch auch nicht schlechter oder verrückter als alle anderen.

›Es liegt an mir‹, dachte Hanna. ›Ich igel mich zu sehr ein.‹ Was bedeuten schon ein paar Stunden ihrer Zeit, wenn Betty sich damit besser fühlte.

»Du siehst fabelhaft aus«, Hanna hielt Betty eine Armeslänge von sich. »Wie machst du das eigentlich, Phönix aus der Asche?«

Betty grinste breit und zeigte auf ihr Haus. »Alles Übung. Es wird mir langsam zur zweiten Natur. Hinauf, hinab«, sie hob und senkte den Daumen und breitete dann ihre Arme aus.

»Was ist los? Kein Begrüßungsschluck?«

»Aber, na sicher!«

Sie rückten die Gartenstühle an die warme Hauswand, stellten, wie immer, den Kühler mit der Weißweinflasche auf das Tischchen und legten ihre Zigaretten dazu.

Hanna berichtete von dem Anruf ihres Verlegers, der sich positiv über das Manuskript geäußert hatte, und Betty plauderte über alte Freunde, die Sandfelds, die sie wieder traf, unkte über den vermutlich harten Winter, der ihnen bevorstand – sie war ein ausgesprochener Wetterpessimist –, und lästerte über ein paar Leute, die Hanna sowieso nicht kannte.

Das belanglos-heitere Geplänkel fand ein jähes Ende, als Betty wieder bei ihrem Lieblingsthema landete.

»Übrigens, so gut wie's vielleicht aussieht, geht's mir natürlich nicht«, sie legte eine vielsagende Pause ein und sah Hanna erwartungsvoll an.

Hanna dachte an ihre guten Vorsätze und daran, daß man im Leben auch Opfer bringen mußte. Also stellte sie die von Betty heiß ersehnte Frage.

»Und wie steht's nun mit euch?«

»Grau-en-haft!« Betty zündete sich eine Zigarette an und lehnte sich vor. »Seitdem die Schlampe wieder da ist . . .«

»Betty, bitte!« Auch wenn einem sonst nichts erspart blieb, aber Hanna haßte dieses Wort und Betty wußte es!

»Seitdem die Schlam-pe wieder da ist, sehe ich Thomas überhaupt nicht mehr. Er könnte genausogut ausziehen, aber das traut der sich nicht. Statt dessen macht mich dieser alte Trottel vor der gesamten Gemeinde lächerlich. Ach was! Über ihn lachen alle, ich krieg's doch mit, wie getuschelt wird.«

»Nun nimm das blöde Gerede bloß nicht ernst, getratscht wird immer, das gehört doch zum Landleben wie der Güllegestank«, versuchte Hanna die Schimpftirade zu bremsen, hatte aber gegen Betty keine Chance, die jetzt triumphierend ihr Kinn nach vorne schob.

»Ich war bereits bei einem Anwalt! Ha, Thomas bleibt nichts, wenn ich erst mal mit ihm fertig bin. Wenn ich mich scheiden lasse, kriege ich das Haus und Unterhalt und Zugewinn aus zwanzig Ehejahren . . . Der blutet aus, dafür werde ich schon sorgen!« Sie paffte an ihrer Marlboro und zerfetzte die Reste im Aschenbecher.

Hanna glaubte ihr kein Wort.

Sie schaute weg. Haß, Geldgier und Rache!

Natürlich war eine Frau verletzt, wenn sie gegen eine jüngere ausgetauscht wurde. So sahen es die meisten Frauen mit ihrem unterentwickelten Selbstbewußtsein, und so handelten die meisten Männer in ihrer geilen Midlife-crisis. Und alle zusammen machten sich jahrelang etwas vor, durch Erziehung an eine Gesellschaft angepaßt, die mit Schwur und Bibel und Ehering das Unmögliche verlangte: Liebe und Treue, bis daß der Tod euch scheidet!

Und glaubten auch noch daran, wenn die Realität sie längst eines Besseren belehrt haben sollte.

Betty war immer noch in Fahrt.

»Ich würde ja nur zu gerne einmal mit Walter sprechen! Der hätte vermutlich eine Menge über sein Ex-Weibchen mitzuteilen.«

Walter war der letzte rostige Ritter, den Betty ausgerechnet jetzt noch herbeireden mußte. Ein Mitstreiter-Phantom auf seiner klapprigen VW-Rosinante, der überall und nirgends sein konnte.

»Hör mir bloß mit dem Schwachkopf auf! Der hat es ja noch nicht einmal für nötig befunden, auf Achims Beerdigung zu erscheinen.«

»Hast du etwa in letzter Zeit mal mit ihm gesprochen? Hast du mal nachgefragt, was da so alles gelaufen ist?« ereiferte sich Betty. »Hat sich denn überhaupt einer von euch die Mühe gemacht, einmal Walters Version anzuhören? Aber nein! Immer nur die liebe Christine hier, die gute Christine da ... Dieses abgefeimte Miststück!«

Hanna hatte keine Lust mehr, sich wieder von Bettys Litaneien besudeln zu lassen.

»Entschuldige, Betty, aber ich muß noch arbeiten. Du weißt ja, Berlin hat angerufen ...«, sagte sie lahm und stellte demonstrativ ihren Stuhl zur Seite.

»Wenn du meinst, daß du das jetzt machen mußt«, sagte Betty patzig und knallte ihr Glas auf den Tisch. »Du mußt ja wissen, ob du für mich Zeit erübrigen kannst oder nicht.«

»Verflucht noch mal, Betty! Ich lasse es nicht zu, daß ihr euer Scheißleben zu meinem täglichen Albtraum macht. Kannst du das nicht einfach mal einsehen oder überfordert das deinen schlichten Horizont?«

Betty zuckte zusammen und schaute Hanna fassungslos an. Sie raffte ihre Zigarettenpackung, nickte eisig und schlug die Gartenpforte hinter sich zu.

Hanna war wütend. Sie war wütend, daß sie wieder einmal die Geduld verloren und aus einer Mücke einen Elefanten gemacht hatte. Was hatte Betty denn schon getan? Sie hatte ihr die Ohren vollgejammert, na und? In ihrer unglücklichen Situation doch nur allzu verständlich, daß sie sich aussprechen wollte. Sicher, Betty war Spielball ihrer eigenen Gefühle, und so heftig, wie sie diese austoben mußte, beleidigend und verletzend, so schnell vergaß sie die Vorfälle auch wieder und erwartete dasselbe von ihren Mitmenschen.

Aber dazu mußte man erst einmal die Nerven haben!

Hanna schloß die Terrassentür und legte sich auf ihr Sofa. Doch, sie war stinkwütend auf Betty. Ihr ewiges »Ich« hing ihr zum Halse heraus, wochenlang das gleiche dumme, aggressive Gequatsche. Ihre überzogenen Reaktionen stellten nicht nur Hannas Geduld, sondern auch ihre Freundschaft auf eine harte Probe.

Hanna hatte das beklemmende Gefühl, in einer Falle zu sitzen.

Mozarts Klarinettenkonzert half auch nicht weiter. Sie war schlecht gelaunt, und alle Versuche, sich eine bessere Stimmung einzureden, scheiterten. Benny Goodman mühte sich vergeblich, also stellte Hanna genervt den Plattenspieler wieder ab.

In ihrer Münchener Wohnung hatte sie zu allen Seiten Nachbarn gehabt. Kinder klimperten auf schlecht gestimmten Klavieren, Geschrei, Toben, Türenknallen. Nachts um eins schlossen die Kneipen, und bis halb drei in der Früh grölten Betrunkene durch die Klenzestraße. Grund genug, einen Schlußstrich unter das Kapitel Stadtleben zu ziehen.

Hier draußen hatte sie nur einen direkten Nachbarn, Betty. Thomas zählte irgendwie nicht. Er schlich so farblos und schemenhaft durch ihr Leben, daß sie nie beschwören könnte, ihn an einem Tag, auf einer Party oder überhaupt gesehen zu haben.

Aber Betty war von gewaltiger Präsenz. Und es störte Hanna, daß sie sich von ihr aus der Fassung bringen ließ.

Der ganze Zustand war beunruhigend.

Betty hielt es für ihr Privileg, jederzeit bei Hanna erscheinen zu dürfen, und Hanna konnte sich schlecht dagegen wehren, weil sie vor Bettys Kurzschlußhandlungen Angst hatte.

›Angst? Wovor denn, um Himmels willen?‹ fragte sich Hanna erstaunt. Daß sie blockiert war, wenn kein Einverständnis zwischen ihnen herrschte und der dicke, kleine Terrorist ihr die Tage versaute?

Halb fünf. Hanna warf den angekauten Bleistift auf den Schreibtisch und rief Peter an, um ihm ihre merkwürdige Gemütsverfassung zu klagen.

Peter lachte nur über die Kinkerlitzchen.

»Du mußt mal raus, mein Schatz! Wenn ich den ganzen Tag nur in die Botanik stiere, werde ich auch verrückt. Um halb acht hole ich dich ab – keine Widerrede! –, wir zwei gehen essen! Spaghetti sind die besten Seelentröster!«

14

Betty stürzte sich in die Hausarbeit.

Sie war wütend auf Hanna, bemitleidete sich ausgiebig, haderte mit ihrem Schicksal und haßte Christine.

Sie bügelte einen Korb Wäsche, wobei sie Thomas' Hemden etwas nachlässiger als üblich behandelte. Mit stillem Vergnügen plättete sie ein paar Knitterfalten in die Manschetten, vergaß die Rückenpartien und ignorierte abgerissene Knöpfe.

Dann hatte sie keine Lust mehr dazu.

Sie räumte ihr Zimmer auf, rückte das Bett von der Wand und unterzog ihr Reich einer gründlichen Säuberung.

Schließlich wühlte sie in ihrem Fundus nach dem gelben Satin, mit dem sie die vielen Dekorationskissen überziehen wollte, die überall in dem sonnigen Zimmer zu finden waren.

Sie entdeckte den Satin im untersten Fach des Einbauschrankes und zog ihn aus dem Haufen unterschiedlichster Stoffe heraus, wobei ihr der ganze Stapel entgegenfiel. Nachlässig stopfte sie das Durcheinander wieder in das Fach und warf die Badetasche zur Seite, die sowieso nicht am richtigen Platz gelegen hatte.

Mit verkrustetem »Plong« rollte eine Babyrassel aus dem blauweißen Beutel.

Betty saß auf dem Teppichboden, lehnte mit dem Rükken an der offenen Schranktür und starrte auf das schmutzige Ding vor ihren Füßen.

Sie dachte nichts, sie wunderte sich einfach nur über das Plastikteil und wie es wohl dahingekommen war.

Mit einem pochenden Schlag verkrampfte sich ihr Herz, sie griff sich an den Hals, ihre Augen weiteten sich mit Entsetzen.

›Das kann nicht sein!‹

Hastig zog sie ihre Beine an, die fast die Rassel berührt hätten, rutschte nach hinten in den Schrank und kauerte regungslos halb verborgen in Kleidern, Mänteln und Schuhen.

Sie rührte sich nicht, bis sie durch das Rauschen in ihren Ohren das Ticken der Armbanduhr vernahm.

›Das kann nicht Achims Spielzeug sein! Das ist irgendeine Rassel, über die ich mal gestolpert bin, die der See ans Land gespült hat, die ich aufgesammelt und vergessen habe! Aber nicht Achims Spielzeug!‹

Betty kämpfte gegen eine Panikattacke, die ihr das Atmen schwer machte. Sie rang nach Luft, befreite sich mühsam aus der unbequemen Lage und ließ sich auf der Bettkante nieder.

»Nein!« sagte sie laut. »Nein!«

Vorsichtig nahm sie die Rassel und probierte sie aus, als könnte der Klang sie an etwas erinnern.

Aber das Ding gab wieder nur ein vermatschtes, versandetes »Plong« von sich.

Betty ließ die Rassel auf den Boden fallen und wischte sich die Hände an der Hose ab.

Tausende von Kindern spielten am Strand und verloren meistens irgend etwas dabei. Vielleicht hatte ein Kind auf dem Weg durch das Wäldchen die Rassel fallen lassen, und die Mutter hatte es nicht bemerkt!

Betty nickte eifrig mit dem Kopf. So mußte es gewesen sein!

»Ich habe das Spielzeug aufgehoben, weil ich ordentlich bin, weil ich an die Zukunft denke! Ich sammel doch auch alte Bierdosen aus dem Wald, kaputte Flaschen und das andere Zeug, was die Umweltschweine so überall rumliegen lassen.«

Der Klang ihrer eigenen Stimme beruhigte sie.

»Morgen bringe ich das Ding wieder zurück, wie man es mit zufällig gefundenen Schals und Mützen im Winter macht, die man an die Zäune hängt, daß ihre Besitzer sie wiederfinden können . . .«, redete sie gegen die Lautlosigkeit des Hauses an.

Mit spitzen Fingern nahm sie die Rassel und verstaute sie in ihrer Nachttischschublade.

»Quatsch! Das Ding muß weg, endgültig verschwinden!«

In drei Tagen kam die Müllabfuhr. Sie würde die Rassel in alte Zeitungen verpacken und in der grauen Tonne versenken.

15

An diesem Mittwochabend war »Mario's« kaum besetzt. Sie suchten sich eine gemütliche Nische mit der holzgetäfelten Wand im Rücken und freier Sicht auf das Geschehen im Lokal.

Guido hatte gerade die Getränke gebracht und stieß fast mit Christine zusammen, die Hanna und Peter an ihrem bevorzugten Tisch entdeckt hatte.

»Na so was! Da hatten wir ja mal wieder dieselbe Idee. Ist bei euch noch was frei, oder wollt ihr lieber alleine bleiben?«

»Nein, ich meine ja, natürlich haben wir noch Platz«, Peter war eilfertig aufgesprungen, um Christine aus dem Mantel zu helfen. »Der ist ja klitschnaß!«

»Hat eben angefangen, wie aus Kübeln! Thomas hat mich deshalb am Eingang abgesetzt. Jetzt sucht er verzweifelt einen Parkplatz.« Fröstelnd rieb sie die klammen Finger an den Jeansbeinen warm und rutschte an Peters Seite.

»Wieso?« Peter sah sich im Lokal um. »Ist doch überhaupt nichts los.«

»Du kennst seine Fahrkünste nicht. Die Lücke, die er benötigt, bietet auch einem Schwertransporter noch ausreichend Platz. Und der Lack!« spöttelte sie und patschte die Hände zusammen. »Stell dir bloß vor, die Tür eines anderen Wagens könnte den Lack zerkratzen. Der Weltuntergang!«

»Schön, dich zu sehen!« Hanna legte ihre Hand auf Christines Arm. »Wie geht es dir?« erkundigte sie sich vorsichtig.

»Danke, ganz gut. Thomas ... hilft mir sehr.« Das mußte genügen, denn sie schickte Hanna einen zuckersüßen Kuß über den Tisch, griff zur Speisekarte und sagte heiter: »Also, was nehmen wir denn?«

Christine sah gut aus. Sie hatte etwas abgenommen und zwei senkrechte Fältchen neben den Mundwinkeln, die Hanna bisher nicht aufgefallen waren, sie hatte die Haare geschnitten, den Pony so kurz, daß einzelne Strähnen wie Flaumfedern von ihrer Stirn abstanden.

Peter war begeistert. »Das steht dir verdammt gut, was du da auf dem Kopf hast.«

Thomas kam gerade dazu, als sie sich vor Lachen über den Tisch bogen.

Sie begrüßten sich herzlich und ohne jede Peinlichkeit, obwohl Thomas und Christine zum erstenmal, fast offiziell, als Paar auftraten.

›Thomas muß sich verändert haben‹, überlegte Hanna, die ihn beobachtete. Bei Betty war er kaum aus der Kopfhörerstarre zu brüllen, jetzt kümmerte er sich um Christine, als sei sie in Gips gewickelt, oder mindestens schwer minderjährig. Seine sonst fahlgelbe Emmentalerblässe hatte vor Überhitzung rote Flecken bekommen, und seine väterliche Fürsorge ging Hanna auf die Nerven.

Thomas schob Salz- und Pfefferstreuer in Christines Reichweite, richtete sorgfältig die Salate an, die zu ihren Hauptgängen gehörten, er tat überhaupt sein Bestes, um ihr den Abend so angenehm wie möglich zu gestalten.

Christine bemerkte das alles nicht, denn Peter redete ununterbrochen auf sie ein und verlangte ihre ganze Aufmerksamkeit, die sie ihm offensichtlich gerne schenkte.

Peter ließ sie nicht mehr aus den Augen.

Er alberte mit ihnen allen, aber Hanna hegte den Verdacht, daß seine allgemeine Zuwendung Fassade war. Er war bis über beide Ohren verliebt, was Christine kokett zur Kenntnis nahm und ihn mit allen weiblichen Tricks noch ermutigte, das frivole Spielchen weiterzutreiben.

Hanna hatte sich diesen Abend etwas anders vorgestellt, bemühte sich aber nun besonders, Thomas in das Gespräch mit einzubeziehen und von den scherzhaften Anzüglichkeiten abzulenken.

Mit Interesse bemerkte sie Thomas' Stirnrunzeln, als Peter den Nachtisch, herrlich reife Feigen, in höchst obszöner Manier aufbrach und mit Stöhnen präsentierte, als würde ihn die saftige kleine Frucht in seiner Hand im Übermaß erregen. Und als er jetzt auch noch mit tropfenden Fingern Christine damit fütterte, verfinsterte sich endgültig Thomas' Gesicht.

Er stierte auf seinen Teller, zischte scharf: »Muß das sein?« Und hob wieder den Blick, ohne einen von ihnen direkt anzusehen.

Hanna tadelte ihn mit unterdrücktem Lachen.

»Aber Thomas, das Gesetz der Wildnis verlangt nun mal nach geregelten Fütterungszeiten.«

Peter preßte sich die Serviette vor den Mund und heulte fast vor Vergnügen, Christine legte ihre Hand auf Thomas' Hand und kicherte: »Ist doch alles bloß Spaß, Lieber, sei doch nicht immer so ernst . . . o Gott . . .«, fing sie wieder an und lehnte sich prustend an seine Schulter.

Sie waren ausgelassen wie schon lange nicht mehr, und Thomas' starre Haltung in ihrem wogenden Haufen trug lediglich zur weiteren Belustigung bei. Sie krümmten sich in ihren Lachanfällen und gerieten schier außer sich, als Thomas bedächtig ein Taschentuch aus dem Jackett zog, um ernst und sorgfältig seine Brille zu putzen.

Ihr Fels in der Brandung!

Aber Thomas hatte keinen Spaß machen wollen.

»Laßt euch nicht weiter stören«, er erhob sich mit angestrengter Würde. »Ich habe morgen einen schweren Tag vor mir.«

Er beugte sich zu Christine, hauchte in einen Kuß ein »Tut mir leid, Schatz«, und ging, ihnen halbherzig zuwinkend, aus dem Restaurant.

Sekundenlang war es ruhig am Tisch, dann gluckten sie wieder los.

»Was war denn das?« fragte Peter verblüfft.

»Nichts weiter«, Christine zuckte gelangweilt mit den Schultern. »Ich kenne ihn gut genug. Da nagt etwas ganz anderes an ihm. Übrigens, er hat mir einen Hunderter zugesteckt, für die Rechnung . . .«, sie schaute spitzbübisch von Hanna zu Peter. »Herr Ober! Drei Grappa, bitte, doppelte!« Sie blieben, bis das Lokal schloß.

Guido gab seinen drei Stammgästen noch einen weiteren Grappa aus, und sie lernten gerade die wichtigsten Brocken Italienisch, die die reizvollen Abgründe zwischenmenschlicher Beziehungen beleuchteten, wie »fare amore« und Deutlicheres, als Mario, der nicht unwesentlich zu ihrer seltsamen, späten Ausbildung beitrug, sie endgültig verscheuchte.

»Ihr wollt doch nicht, daß ich meine licenza verliere, ora di policia, basta!«

Er holte den Koch, der sich gerade in der Küche umgezogen hatte, packte Guido am Kragen und befahl: »Grappa per tutto! E finito!«

Sie stolperten in die feuchte Nacht und konnten sich nicht darauf einigen, wer fahren sollte. Zu ihrem Glück löste Peters Auto das Problem. Es sprang nicht an. Regen und Nässe vertrug es nicht, also rief Mario erleichtert ein Taxi, in das sie sich zu dritt auf den Rücksitz quetschten.

Hanna wurde übel. Die Scheiben beschlugen, und sie moderten mit ihren nassen Mänteln den unzuträglichen Dampf von feuchter Wolle und Popeline in das Wageninnere.

»Bringt mich bloß schnell nach Hause«, würgte sie mühsam und fand eine einigermaßen erträgliche Stellung an der Kopfstütze des Fahrers.

»Ciao«, stammelte Hanna auf gut oberbayrisch und wankte in ihr Haus.

»Zu dir oder zu mir?« fragte Peter leise.

»Zu dir! Bitte! Ich will heute keinen Erwachsenen mehr sehen«, sagte Christine und kuschelte sich noch enger an seine Seite.

16

Thomas parkte den Wagen vor seiner Garage und schlenderte langsam zum Haus. Im Wohnzimmer und in der Küche brannte Licht, also war Betty noch auf. Wartete sie eigentlich immer noch auf ihn wie früher, oder hatte sie sich inzwischen mit seinen unregelmäßigen Rückkehrzeiten abgefunden? Er seufzte und machte kehrt.

Er hatte seine Aktentasche im Auto vergessen, mit einem interessanten Artikel über Strukturveränderungen in mittelständischen Betrieben bis zum Jahr 2010, ein nicht nur aufschlußreicher, sondern auch wichtiger Artikel, den er in seinem Abschlußbericht für die Firma in Ingolstadt zitieren wollte.

Sein früherer Arbeitgeber, ein internationaler Konzern, hatte ihn, wie viele seiner Ingenieurskollegen, im Zuge allgemeinen Stellenabbaus, wie es so schön hieß, frühzeitig, aber mit einer nicht unerheblichen Abfindung, in Rente geschickt.

Bah, Rente! Mit siebenundfünfzig Jahren fühlte er sich alles andere als pensionsreif.

Wie er jahrelang ohne erkennbaren Ehrgeiz seiner täglichen Arbeit nachgegangen war, so bescherte ihm seine freiberufliche Tätigkeit jetzt sichtlich mehr Freude und Anerkennung. Er entwickelte ein ungewohntes Maß an persönlichem Einsatz, wenn er die kleinen Computerfirmen beriet, und würde Fehleinschätzungen oder gar Mißerfolge, die auf seine Beurteilungen zurückzuführen wären, als katastrophale Niederlage empfinden.

Außerdem war die Hypothek für das Haus noch nicht bezahlt. Sein Haus!

Die langen, quälenden Arbeitsjahre, sein ganzes, mühsames Leben steckte in diesen Mauern. Sicher, es war keine Villa geworden, aber ein solides Einfamilienhaus mit den besten Baumaterialien, die er sich vorstellen konnte. Und einem Garten zum Sonnenbaden und Feiern.

Er runzelte die Stirn und blickte in sein dunkles Grundstück, in dem er ein paar Büsche ausmachen konnte, die dem Wohnzimmerlicht am nächsten standen.

Wann hatten sie zuletzt gefeiert? Ein Fäßchen Bier in den Garten gestellt und Freunde eingeladen? Vor zwei Jahren, oder drei? Was war bloß mit ihnen geschehen, daß sie nicht mehr zusammen lachen konnten und eigentlich immer ein bißchen unglücklich waren?

Christine, ja Christine hatte gelitten und war wie von Sinnen gewesen über Achims Tod, aber sie war erst fünfundzwanzig und konnte nicht ewig die ungeheure Lebenslust unterdrücken, die sie so begehrenswert machte.

Heute abend hatte er sie zum erstenmal wieder richtig ausgelassen und fröhlich erlebt.

Himmel, waren die drei albern geworden! Und er wußte nicht einmal, warum er nicht mitlachen konnte. Er wußte nur, daß er nicht wollte.

»Spielverderber!« hatten ihm Christines Augen signalisiert. »Spießiger alter Spielverderber!«

Er wischte sich über die regenfeuchte Stirn und betrat sein Haus.

»Thomas! Du?« Betty kam bleich und müde aus der Küche, zögerte kurz und gab ihm entschlossen einen Kuß auf die Wange.

»'n Abend, Betty«, sagte Thomas verlegen. »Ich müßte noch etwas arbeiten, wegen Ingolstadt, morgen.«

»Hunger? Ich hatte nichts Besseres zu tun, da habe ich Hannas Fisch-Quiche gebacken, und sie ist mir ganz gut gelungen. Willst du probieren?« Geschäftig hantierte sie mit der Springform und präsentierte stolz ihr Werk.

»Ach nein, wir . . . ich habe schon zu Abend gegessen, danke.« Er setzte sich in seinen alten Sessel unter die Leselampe und breitete seine Papiere aus.

Betty hatte die Mundwinkel nach unten gezogen, wischte sich die Hände mit einem Küchentuch ab, ordnete dann mit neuem Mut ihr Haar und brachte zwei Gläser Wein in das Wohnzimmer.

»Keine Angst, ich störe dich nicht. Ich dachte nur, es ist spät, und bevor ich raufgehe, könnten wir noch eine Zigarette miteinander rauchen«, flüsterte sie verschwörerisch und gab ihm damit gleichzeitig zu verstehen, daß sie mucksmäuschenstill sein würde.

»Eine nette Idee«, sagte Thomas, dem das alles wohlig bekannt vorkam, wie ein vertrautes Zwiegespräch aus ihren ersten Ehetagen.

Betty plauderte über ein paar Belanglosigkeiten und erhob sich gleich, nachdem sie zu Ende geraucht hatte.

»Arbeite nicht mehr zu lange, du mußt immerhin früh raus«, mahnte sie mütterlich und ging auf Zehenspitzen die Treppe hinauf.

›Ich sollte ein bißchen netter zu ihr sein‹, überlegte Thomas, als er in sein Schlafzimmer ging. ›Irgend jemand muß sich doch schließlich um sie kümmern.‹

Betty hatte ihm das Bett aufgeschüttelt, seine Sachen hingen gebügelt am Kleiderschrank, und sie hatte ihm eine Praline auf das Kopfkissen gelegt.

›Ach Betty‹, dachte er voller Mitleid. ›Was wird nur aus all dem noch werden?‹

Spät in der Nacht schlich Betty an seinem Zimmer vorbei, horchte und öffnete leise. Thomas war über seinen Papieren eingeschlafen. Sie betrachtete ihn lange, knipste die Nachttischlampe aus und zog sich zufrieden zurück.

Sie stellte den Wecker auf halb sieben, um ihrem heimgekehrten Mann rechtzeitig ein gutes Frühstück bereiten zu können.

17

Nach dem Streit mit Betty hatte sich Hanna zwei Wochen hinter ihrem Schreibtisch verschanzt, in Büchern geschmökert, wenn sie mit ihrer Arbeit nicht weiterkam, und sich ein paarmal mit alten Bekannten in München verabredet.

Vor einigen Tagen fand sich ein Topf mit blaublühendem Salbei auf ihrer Terrasse, dazu die versöhnlichen Zeilen »War nicht böse gemeint. Betty.« Sie hatte sich mit einem »Alles klar!«-Kärtchen revanchiert, auf das sie ein Strichmännchen gezeichnet hatte, dem der Kopf vor lauter Arbeit rauchte. Betty hatte sich ausnahmsweise an diesen Wink gehalten und sie in Ruhe gelassen.

Hanna bereitete ein kleines, unkompliziertes Essen vor, da sie jeden Moment Peter erwartete, der sie mit einschmeichelnder Stimme um ein Rendezvous gebeten hatte.

»Hast du heute abend eine Schulter frei, an die ich mich lehnen könnte, Lieblingsmensch? Mir würde schon ein winziges Stückchen genügen, so etwa bis zum Ellbogen.«

»Das Rendezvous kannst du haben«, hatte sie gespöttelt und ihm versichert, daß er ihr auch inzwischen fehlen würde.

Sie zündete gerade die Kerzenleuchter auf dem Sofatischchen an, als Peter hereinstürmte und sie wortlos in die Arme nahm.

»Was ist denn mit dir los?« japste Hanna, wand sich erfolglos und hielt seinen Kopf zwischen ihren Händen. »He, schau mich mal an . . .!«

Er schaute sie an, rollte mit den Augen, schielte theatralisch zur Decke und vergrub stöhnend seinen Kopf an ihrer Schulter.

»Mich hat's erwischt«, nuschelte er in ihren Kragen. »Ich bin wahn-sin-nig verliebt!«

»Ach du liebe Güte!« Hanna tätschelte sein Haar und zog ihn auf das Sofa. »Gegen wen denn diesmal?«

»Mach bloß keine dummen Witze, es ist mir verdammt

ernst damit«, grinste er und zauberte eine Flasche Champagner hinter dem Sessel hervor, die er bei seinem Eintreten dort rasch deponiert haben mußte, füllte zwei Gläser und beobachtete gespannt ihr Gesicht.

»Ahnst du, wer?«

»Wenn es die ist, an die ich eigentlich nicht zu denken wage«, sagte Hanna drohend, »kannst du mir gleich einen Wodka dazustellen, aber das . . .«

»Volltreffer!« Peter stand mit erhobenem Daumen auf und holte den Wodka aus der Küche.

»Christine, ja«, sagte er in aller Ruhe und stieß die Schnapsgläschen aneinander.

Er erzählte von dem Augenblick, als sie im Taxi beschlossen hatten, zu ihm nach Hause zu fahren.

Christine hatte von Thomas gesprochen und wie fürsorglich er sich verhielt.

»Deshalb ist er ja jetzt auch bei dir«, hatte Peter gelästert, aber sie hatte Thomas in Schutz genommen. Die Lage sei komplizierter, als er sich das gedacht hatte, er könne sich noch nicht entschließen, den endgültigen Schlußstrich unter sein altes Leben zu ziehen.

»Willst du, daß er das tut?« hatte Peter gefragt.

Sie wußte es nicht. Vielleicht hatte sie sich nach Achims Tod zu voreilig in diese Beziehung gestürzt, vielleicht sei es ja auch die große, beschützende Liebe, nach der sie sich sehnte.

Hanna wurde fast übel.

»Ihr war das irgendwie alles über den Kopf gewachsen«, erklärte Peter naiv. »Sie wollte auch nicht mehr weiter darüber reden, und wir tranken noch mehr Wein und alberten herum . . .«

»Und dann noch ein bißchen mehr von allem, und schon seid ihr im Bett gelandet, na logisch! Ihr Kindsköpfe! Ich geb dir einen Tip: Zieh dich zurück und belaß es bei diesem Abend.«

»Völlig unmöglich! Ich bin verrückt nach ihr, ich ... liebe sie!«

»Peter, wach auf! Du glaubst sie zu lieben, weil sie nicht frei ist, weil du sie nicht haben kannst. Reines Schürzenjägersyndrom.«

»Diesmal nicht«, er ließ traurig den Kopf hängen und flehte Hanna mit großen Augen an. »Was soll ich jetzt bloß machen?«

»Abwarten, raushalten, abdrehen, ein Halbjahresticket für die Wüste Gobi buchen, mich heiraten, alles! Nur schau nicht wie ein geprügelter Hund, das steht dir nicht!«

Peter lachte, beugte sich über den Tisch und küßte sie auf die Nase.

»Abwarten, vielleicht ..., aber nun verrate mir mal, was dieser blutleere Langweiler bloß an sich hat, daß Christine ...«

Unerwarteterweise klopfte es, und im selben Moment wurde die Tür aufgerissen.

»Darf man das traute Glück stören?« fragte eine heitere Betty aus dem Türrahmen, ignorierte das gemeinsam gekicherte »Nein!« und schnappte sich ein Glas vom Regal.

»Mir war so fade da drüben. Ich habe Peters Wagen gesehen und mir gedacht, daß du jetzt sicher nicht mehr arbeitest – und da bin ich!« Sie zwinkerte beiden vertraulich zu und bediente sich großzügig.

Bettys Anwesenheit beendete ihr privates Gespräch, das in ausgiebiges Lästern abzusacken drohte. Peter, gerade mit einem Füllhorn überschwappender Glückseligkeit ausgestattet, küßte sogar Betty auf die Backen.

»Schön, daß es dir wieder besser geht! Es ist lange her, nicht wahr?« schmückte er die Begrüßung mit einer Anspielung auf ihre letzte, unerfreuliche Begegnung am See.

»Charmant, charmant!« sagte Hanna nur.

Betty wurde rot vor Verlegenheit, zum einen, weil sie nicht gerne an diesen Tag erinnert werden wollte, zum anderen, weil sie Umarmungen oder gar Küsse von Peter nicht gewohnt war. Es hatte zwischen ihnen nie eine besondere Vertraulichkeit wie unter den anderen Freunden gegeben.

Voll Zuversicht gab sie nun kund, daß Thomas immer öfter bei ihr übernachte, manche Abende zu Hause bleibe und ihr Verhältnis sich zum Besseren zu wenden scheine.

Peter zog zweifelnd die Augenbrauen hoch, und Hanna ahnte, was Betty ihnen vorgaukeln wollte.

Bettys nervöse Gesten, ihr rasch wechselndes Mienenspiel und die aufgesetzte Heiterkeit verrieten ihre Bemühungen, die gelassene Ehefrau zu sein, die mit den widersprüchlichen Emotionsgaben ihres Mannes fertig werden mußte.

Hanna hatte Mitleid mit ihr, aber sie wußte nur zu gut, daß Betty einen ausweglosen Kampf gegen sich selbst führte, ihre unberechenbaren Gefühle würden diese Fassade bald wieder zusammenbrechen lassen.

»Einen Aperitif?« schlug Hanna daher munter vor, um sie alle über die zähen, peinlichen Minuten zu bringen. Peter half gerne mit den Tellern, während sie den einfachen Nudelauflauf wärmte.

Der Aperitif schien ihnen gutzutun, denn als sie beim Essen saßen, war Peter wieder der unverfrorene Schmeichler, allerdings mit einem kleinen Kratzer auf der liebenden Seele, und Betty hing über ihrem Teller, aus dem sie mit den Nudeln lange Käsefäden zog.

Der Tisch war bereits abgeräumt, und sie waren, wie immer nach einem mächtigen Essen, bei der Schnapsrunde angelangt, als das Telefon läutete. Hanna erwartete den Anruf und verschwand in ihr Arbeitszimmer, wo sie die Unterlagen für das Gespräch mit dem Verlegerfreund zur Hand hatte.

Neugierig lenkte Peter die Unterhaltung auf Bettys wiedergewonnenes Familienleben zurück.

»Es gibt also eine zarte Annäherung bei euch . . .?«

»Naja, wie man's nimmt«, sagte sie und spielte versonnen mit dem Schnapsglas, das Peter, nicht ohne Hintergedanken, immer wieder zuvorkommend füllte. »Ich mag ja schon gar nicht mehr darüber reden, aber . . .«, sie kippte den Korn in einem Zug und bekam vor Vergnügen glänzende Augen, daß jemand endlich wieder Anteilnahme zeigte, »du weißt ja, in welchem Dilemma ich stecke. Ich muß immer alles alleine ausbaden. Ich werde allein gelassen, nur weil so eine dahergelaufene Schlampe sich nicht richtig um ihr Kind gekümmert hat.«

Peters Hand zitterte leicht, als er nachschenkte. Nur mühsam unterdrückte er eine bissige Bemerkung und fragte statt dessen verschwörerisch leise: »Dann hast du die Anzeige gemacht?«

»Welche Anzeige?«

»Unterlassene Aufsichtspflicht! Stand doch im Protokoll . . . Komm schon, raus damit . . .«, lockte er mit einer lässigen Geste, als würde ihn die ganze Angelegenheit im Grunde nicht interessieren.

»Ach das! So genau erinnere ich mich nicht mehr, du weißt schon, es war am Sonntag wohl ein bißchen viel gewesen, nicht?« Sie senkte mehr kokett als beschämt den Blick, hob dankbar einen weiteren Korn an ihre Lippen und sagte nicht ohne Stolz: »Nun, Montag früh rief ein Beamter bei mir an und fragte, ob ich bei meiner Aussage bliebe, und ich habe Ja gesagt.«

»Also doch!« Peter schlug wütend mit der Hand auf den Tisch, daß Betty bei der radikalen Wandlung seines Benehmens zusammenschrak.

»Na, hör mal! Ich mußte doch schließlich die Wahrheit sagen ...« verteidigte sie sich. »Es war meine Bürgerpflicht! Und überhaupt ...« Sie spreizte die Ellenbogen über den Tisch und fixierte Peter mit verkniffenen Augen, »was geht dich das alles eigentlich an?«

»Oh, sehr viel, meine Gute, sehr viel! Hast du schon mal was von Anstand gehört, von Mitleid und Freundschaft?« Er stützte sich mit den Händen ab, daß er fast über ihr war, und schleuderte ihr die Worte ins Gesicht. »Wie konntest du das Christine nur antun?«

»Freundschaft? Christine? Daß ich nicht lache!« heulte Betty schrill und drückte sich an ihre Stuhllehne. »Das dreckige kleine Luder nimmt mir meinen Mann weg, bringt alles durcheinander, aber ich werde angegriffen, auf mir wird dauernd herumgehackt. Ich habe doch nichts Unrechtes getan!«

»Was ist denn hier los?« Hanna trat verärgert ins Zimmer, aber Peter hob eine Hand. »Moment!« und beugte sich drohend zu Betty.

»Nichts Unrechtes getan, weiß Gott! Gar nichts hast du getan! Dich sollte man anzeigen, wegen unterlassener Hilfeleistung, weil du mal wieder bis zur Besinnungslosigkeit abgefüllt warst und natürlich von dem Unfall nichts mitbekommen hast . . . aus nächster Nähe!«

»Ich hab doch nichts mehr richtig gesehen«, wimmerte Betty jetzt. »Ich hab doch den Buggy gar nicht berührt.«

»Ach, darum geht es doch nicht«, Peter ließ sich in einen Sessel fallen, weit weg von ihr. »Es geht darum, daß du diese Scheiße mit der unterlassenen Aufsichtspflicht in die Welt gesetzt hast«, er strich sich aufgeregt mit der Hand über das Gesicht. »Ich möchte bloß mal wissen, wann! In deinem Zustand!«

Betty stand mit großer Würde auf, straffte den Oberkörper und wischte eine Träne aus den Augenwinkeln. »Es gibt schließlich noch Telefon«, sagte sie mit erhobenem Kopf. »Und im übrigen muß ich mir diese Behandlung nicht länger bieten lassen!«

Sie drehte sich zu Hanna um, schaute ihr verwundert und fragend in die Augen, aber Hanna hatte nichts dazu zu sagen. Betty schüttelte den Kopf und schloß tief beleidigt die Haustür hinter sich.

»Wie traurig«, Hanna war über die Heftigkeit entsetzt, mit der Peter seine Attacke geführt hatte, und fand seinen Auftritt einfach nur herzlos und maßlos übertrieben.

»War das denn nun unbedingt nötig?«

»Ja!« sagte er entschieden. »Ich konnte einfach nicht anders.«

Betty habe ihn mit ihrer rechthaberischen Besserwisserei bis aufs Blut gereizt, dann diese schleimige Selbstzufriedenheit, mit der sie bei ihrer Anzeige geblieben war.

Natürlich tat sie ihm auch manchmal leid, aber mußte denn diese unglückselige Frau immer wieder alles so verdrehen, daß sich am Ende die Dinge gegen sie wandten?

Hanna hörte nachdenklich zu. Wie oft hatte sie dasselbe gedacht? Wie oft hatte ihr Betty leid getan, und wie oft hatte sie sich im gleichen Moment verflucht? Es war doch nur zu verständlich, daß Peter in seiner Verliebtheit heute nicht mit Betty zurechtgekommen war.

Plötzlich griff Peter nach ihrem Arm.

»Glaubst du oder hältst du es für vorstellbar, daß Betty im Suff irgend etwas Fürchterliches anstellen könnte?«

»Du meinst die Anzeige?«

»Nein, viel schlimmer, etwas wirklich Grauenhaftes!«

Hanna blickte ihn verständnislos an.

»Betty sagte, sie habe den Buggy nicht angerührt. Es ist doch merkwürdig, daß sie das extra betont hat . . .«

»Ja, bist du denn jetzt auch schon restlos übergeschnappt? Das ist doch wohl nicht dein Ernst!« Hanna schlug sich in blanker Ratlosigkeit auf die Schenkel und sprang auf die Füße. »Was kommt denn als nächstes? Massenmord im Schützenverein? Durchgeknallter Bürgermeister nietet Gemeinderäte aus den Sesseln?«

Wütend machte sie ein paar Schritte auf ihn zu und sagte eindringlich: »Peter, Betty mag dumm und stur sein, innendrin ein wenig unaufgeräumt; sie trinkt zuviel und verändert sich dabei nicht gerade zum Besseren – und außerdem, mein lieber, alter Saufkumpan, sind wir die letzten, die darüber richten sollten; sie kann üble Dinge mit ihrem Schandmaul anrichten, aber sie würde keinem lebendigen Wesen ein Haar krümmen! Es sei denn, sie träte versehentlich auf einen Käfer, was sie zutiefst bedauern würde. Also tu mir den Gefallen und deute niemals, niemals wieder etwas Ähnliches an!«

»Nun reg dich ab! Ich habe doch nur gefragt, ob es vorstellbar wäre. Ich weiß doch selbst am besten, daß sie es nicht getan haben kann. Sie wäre nicht in der Lage gewesen, mehrere Meter alleine zu gehen, geschweige denn, den Gurt zu manipulieren. Vollkommen unmöglich!« sagte er beschwichtigend und grinste dabei. »Sie ist ja schon den Berg zum See hinuntergefallen. Du hättest sie sehen sollen!«

Damit war ihr kleiner Streit beendet, aber Hanna blieb gereizt und war müde, sie mochte jetzt nichts mehr von Liebesleid und anderen Katastrophen hören.

Etwas distanziert verabschiedeten sie sich voneinander.

›Wie leicht könnte ein Mord begangen werden‹, dachte Peter erstaunt und steuerte den Wagen aus der Einfahrt. Und das vor den Augen der Öffentlichkeit. Ein Handgriff, ein Unfall, Ende! Selbstverständlich war Betty dazu nicht in der Lage gewesen. Der hochprozentige Alkoholanteil in ihrem Blut hatte sie plump und schwerfällig werden lassen. Unsinn, sie war absolut handlungsunfähig gewesen! Ein besinnungsloses Menschenbündel.

Sein Wagen rollte langsam über die einsame Landstraße. Stoppelige Maisfelder lagen ausgelaugt und erschöpft in dem kalten Mondlicht, die abgeernteten Weizenfelder wehten tote Halme über den Asphalt.

Und doch. Wie weit ging Bettys Boshaftigkeit? Hatte sie ihre Gefühle überhaupt noch unter Kontrolle? Wann überwanden die Menschen ihre Hemmungen und empfanden Mord als einzige Lösung in ausweglosen Situationen? Betty hätte nur kurz zugreifen müssen, um ihren Haß auf Christine zu befriedigen. Ohne den geringsten Verdacht auf sich zu ziehen, ohne Konsequenzen für die Zukunft.

Peter wollte, daß Betty schuldig war, er wollte ihr Achims Tod anhängen, er mußte ein Alibi für seine eigenen Gedanken haben.

Wenn jemand wie Betty einen Mord begehen konnte, dann er doch wohl auch . . .

Er erschrak und trat auf die Bremse. Im Scheinwerferkegel war ein Fuchs aufgetaucht. Mager und räudig stand er im Licht, keine drei Meter von der Stoßstange entfernt. Der Wagen schien ihn nicht weiter zu stören, denn er näherte sich, verharrte, als wäre er plötzlich geblendet, und machte einen verdächtig staksigen Schritt zur Seite.

Die Zunge flatterte in den hochgezogenen Lefzen, die Flanken jagten, und Peter entdeckte die kreisrunde Tollwutwunde in dem rotbraunen Fell.

»Auch du, mein Lieber!« sagte Peter und hupte laut in die glasklare Nacht.

Der Fuchs trollte sich, dann hetzte er über das Feld zum nahen Gehöft.

Peter fuhr weiter und hing wieder seinen Gedanken nach.

Wie viele unaufgedeckte Morde waren offiziell Unfälle? Hausfrauen stürzten beim Fensterputzen von den Leitern und brachen sich zwei, drei Stockwerke tiefer das Genick. Lachte da nicht der Ehemann hinter der Gardine?

Undichte Leitungen und defekte Elektrokabel, ein gelockertes Türscharnier zum Keller hier und ein Autounfall dort. Vor kurzem erst hatte er eine Zeitungsnotiz gelesen:

Vater überrollt sein Kind in der Einfahrt. Der arme Mann hatte den Jungen, der bei den Hinterreifen gespielt hatte, im Rückspiegel nicht gesehen.

Schlimm genug!

Aber mal angenommen, es wäre die ungeliebte Frau gewesen, der die Einkaufstüte geplatzt war und die die verstreuten Sachen an eben dieser Stelle aufklauben mußte.

Er riß sich zusammen.

Wie kam er nur auf diese Gedanken? Hanna hatte recht, sie waren in diesen Tagen wohl alle ein bißchen durchgedreht. Seine eigenen Emotionen hatten sich mehr oder weniger von der Vernunftsebene verabschiedet, die Schubladen, in denen er Schwarz, Weiß und Mittelgrau verstaute, klemmten besorgniserregend fest.

Zehn Minuten später fuhr er an Christines Haus vorbei. In ihrem Schlafzimmer brannte Licht, und Thomas' Wagen stand vor dem Eingang.

Peter gab Gas.

»Abwarten? Nein!« sagte er, grimmig verliebt, und ein entschlossenes Lächeln huschte über sein Gesicht.

18

Zehn herrliche Tage war sie in Ruhe gelassen worden. Hanna rekelte sich in ihrem Liegestuhl an der geschützten Terrassenmauer und genoß den warmen Herbstmittag.

Betty schmollte mit Peter und kümmerte sich ansonsten hauptsächlich um ihren Haushalt. Sie hatte vor ein paar Tagen den neuen Gardinenstoff zur Begutachtung vor Hanna ausgebreitet und sich gleich wieder zum Nähen und der Verschönerung weiterer Zimmer zurückgezogen.

Was immer sie gerade tun mochte, sie tat es mit der rührenden Ausschließlichkeit, Thomas erneut an sich binden zu wollen.

Arme Betty!

Hanna blätterte lustlos in einer Illustrierten und legte sie weg. Zum Arbeiten war ihr erst recht nicht zumute.

Sie spürte die Wärme auf ihrer Haut, genoß das Gefühl, sich eine Oase geschaffen zu haben, in der sie zufrieden und glücklich leben konnte, und döste in den Nachmittag.

Wie lange würden wohl noch die prickelnden Tage andauern, diese köstliche Zeit, die heiß den Spätsommer verabschiedete und mit nebligen Morgen und kühlen Abenden den Herbst feierte?

Champagnertage!

Noch schien der Oktober ein freundliches Anhängsel des Spätsommers zu sein. ›Eine trügerische Vermutung‹, dachte Hanna, in zwei, drei Wochen würde bereits der erste Schnee fallen.

Etwas beunruhigt blinzelte sie in den Garten. Aber die Topfrosen standen dichtgedrängt in einer geschützten Ecke der Terrasse, der Oleander war fest in Noppenfolie verpackt und mußte im Schuppen überwintern. Die Beete würden sich selbst helfen, solange man sie nicht plünderte und akribisch aufräumte.

Hanna machte sich einen Kaffee.

Sie blies Rauchkringel an das Küchenfenster und griff unschlüssig zum Telefon. Sie hatte Lust, sich ein bißchen um Betty zu kümmern, vielleicht ein, zwei Stunden, das war doch zu überleben! Zudem mahnte sie ihr schlechtes Gewissen, Betty vernachlässigt zu haben.

»Hallo, Thomas. Kann ich Betty sprechen?«

»Nein! Jetzt nicht!«

Na so was! Hanna legte den Hörer auf die Gabel und verzog sich in ihren Liegestuhl. Wahrscheinlich wieder eine ihrer analytischen Aussprachen, die damit endeten, daß alles beim alten blieb.

Die Haustür nebenan hatte sie nicht zuklappen hören, aber Thomas' Wagen preßte den Kies aus dem Weg, als er zu schnell davonfuhr.

Nach wenigen Minuten klingelte das Telefon.

»Kann ich mit dir reden?« fragte Betty kleinlaut.

»Natürlich, komm rüber.« Hanna stellte den Wein bereit, klappte ihre Liege zusammen und rückte zwei Stühle in die letzten Sonnenstrahlen. Sie ordnete gerade ein paar Astern in einer Vase, als sie Betty kommen sah.

Mit gesenktem Kopf schlurfte sie über die Einfahrt, ihre Haare wippten wirr bei jedem ihrer Schritte, und sie hielt ihre Handtasche an sich gepreßt, als hätte sie Angst, beraubt zu werden.

Hanna erwartete sie im Eingang.

»Thomas will sich scheiden lassen.«

»Das ist ja ein Ding!« entfuhr es Hanna. »Wieso denn auf einmal?«

Aber Betty fing still an zu weinen und schüttelte mutlos den Kopf.

›Warum wollte sich Thomas bloß scheiden lassen?‹ überlegte Hanna. Er war immer öfter zu Hause geblieben und schien sich doch eher nach dem alten Zustand mit Betty zu sehnen, als ernsthaft einer festen Verbindung mit Christine entgegenzufiebern. Betty hatte recht gehabt, als sie auf Geduld und Abwarten setzte. Und jetzt das!

»Christine ist schwanger«, schniefte Betty. »Schwanger! Stell dir das bloß einmal vor, von dem alten Deppen!« Sie lachte ein bißchen in ihr Weinen und fuhr sich nervös mit dem Taschentuch über die Stirn. »Ist ja wohl Anlaß genug, einen zu heben.«

»Und seit wann . . . wie lange ist sie schwanger?«

»Keine Ahnung. Sie hat gerade erst den Test gemacht. Wenn du mich fragst, ist die ganze Sache vermutlich noch nicht einmal sicher.«

»Ich kann nicht glauben, daß Christine etwas darüber verlauten lassen würde, wenn es nicht hundertprozentig ist . . .«

»Der traue ich alles zu! Hauptsache, sie kriegt ihre Beute. Der sind doch alle Mittel recht.«

Betty hatte die Trübsalsblässe mit ihrem üblichen Hitzkopf getauscht und nahm Hannas Hand.

»Ich bin so froh, mich bei dir aussprechen zu können. Ich weiß, ich kann eine Nervensäge sein, aber heute brauche ich dich dringender als jemals zuvor.«

»Natürlich, du Unglücksrabe, aber komm erst mal rein, es wird langsam zu kalt hier draußen . . .«, und Hannas Gedanken schweiften ab.

Zwar umsorgte sie Betty, die auf dem gelben Sofa Platz genommen hatte, mit Wein, kleinen Naschereien, reagierte mit freundlichen Worten auf Bettys Weinen und törichte Quengeleien über verratene Ehefrauen, aber sie war nicht wirklich aufmerksam.

Wußte Peter schon, daß Christine schwanger war? Er

hatte Hanna doch erst vor ein paar Tagen mitgeteilt, daß sie sich immer noch heimlich trafen.

Und miteinander schliefen!

Wer war dann der Vater? Und jetzt wollte Thomas sogar die Scheidung. Hatte Peter sie angelogen, nicht zugeben wollen, daß er bei Christine doch nichts erreicht hatte? Unsinn, er würde den Mund halten oder Hanna seine Niederlage eingestehen, aber sie niemals belügen.

Wer machte hier wann, warum und gegen wen die krummen Schachzüge? Die kluge Christine? Das Unschuldslamm war doch auch nur versehentlich in dieser Affäre gelandet.

Und Peter nutzte ihre Lage gewissenlos aus.

Hanna nahm sich vor, mit ihm noch einmal darüber zu reden. Aber was nutzte es schon, wenn er sich eine Eroberung in den Kopf gesetzt hatte?

»Vor kurzem hat mir ein guter Freund gesagt, daß Spaghetti die besten Seelentröster seien«, wandte sich Hanna wieder Betty zu. »Ich koche uns eine Portion Bolognese, und du ruhst dich aus . . . oder kommst mit mir in die Küche, wie du willst.«

Die nächsten zwei Stunden monologisierte Betty. Hanna ließ sie reden, und zum erstenmal störten sie die wehleidigen Tiraden nicht. Sie steuerte ein paar belanglose Bemerkungen bei und machte ein interessiertes Gesicht.

Arme, arme Betty!

Was hatte sie alles angestellt, um ihr Haus zu verschönern und freundlich herzurichten, wie hatte sie sich um Haltung bemüht und für ihre Ehe gekämpft! Und nun war alles umsonst, vergebliche Liebesmühe.

Thomas hatte auch noch ihre Hoffnungen genährt, weil

er nicht bereit gewesen war, klare Verhältnisse zu schaffen, aber das Problem hatte Christine ihnen jetzt wohl abgenommen. So wie es aussah, hatte sie sich für ihn als Vater des Kindes entschieden.

In Hanna wuchs eine unbestimmte Sorge. Wie würde Peter mit dieser Nachricht umgehen? Es war nicht unbedingt seine Art, Niederlagen so ohne weiteres hinzunehmen. Der kleine Macho würde sicher noch von sich hören lassen.

Am gleichen Abend arbeitete Peter in seiner Werkstatt. Es war bereits nach Mitternacht, aber er würde nicht schlafen können, er brauchte Zeit zum Nachdenken.

Christine hatte ihn nachmittags angerufen und ihm tränenreich mitgeteilt, daß sie schwanger sei, daß Thomas der Vater sei und sie nun mit ihm zusammenziehen werde.

Sein Innerstes hatte sich heiß verkrampft.

»Meine Gratulation. Und was, bitte, gibt es dann zu heulen?« hatte er heiser und aggressiv gefragt. Sie habe ihn sehr lieb und wollte ihn nicht verletzen, ihn nicht als Freund verlieren.

Peter warf mit aller Verachtung seine Zigarette zu Boden und zertrat sie. Er ließ sich doch nicht mit der dümmsten Floskel der Welt vertrösten! Lieb, immer gute Freunde, sei mir nicht böse, Scheiß-blabla. Was dachte sie sich dabei?

Er hatte oft genug ähnliche Formulierungen gebraucht, wenn er allzu sture Tussis nicht loswerden konnte, aber stilvoller, nicht so hilflos und abgeschmackt.

Er knipste das Licht in der Garage aus und ging in sein Wohnzimmer.

Erst vor zwei Tagen hatten sie noch engumschlungen auf dem Sofa gesessen, sich genüßlich mit Pizza gefüttert und dabei langsam ausgezogen. Er wischte unsichtbare Krümel vom Tisch und genehmigte sich einen Cognac. Sein Magen hatte sich beruhigt, aber Wut und verzweifelte Liebe schossen giftige Pfeile in sein Herz.

Was wußte Hanna schon! Er liebte Christine, und er würde sich nicht so schnell vom Feld stellen lassen! Natürlich war sie jetzt ein wenig durcheinander. Vielleicht hatte er es nicht deutlich genug gesagt, wie sehr er sie brauchte, und daß er sich geändert hatte.

Sollte sich Thomas doch scheiden lassen! Was hatte das mit Christine und ihm zu tun?

Betty würde sich an jeden Strohhalm klammern, Zeit schinden, sich notfalls in die Scheidungspapiere verbeißen und sie wie eine Hyäne zerfetzen.

Peter grinste bei dem Gedanken. Er hatte in Betty eine gute Verbündete, sie wußte es nur noch nicht. Aber da könnte man nachhelfen . . .

Er würde sich von seiner rücksichtsvollsten Seite zeigen, sich bemühen, Thomas besser kennen- und einschätzen zu lernen. Wer weiß, sie konnten noch richtig dicke Freunde werden.

Er lachte innerlich auf über diesen Gedanken.

Christine würde genug Zeit haben, sie beide zu vergleichen, und sie würde am Ende die richtige Wahl treffen. Das Kind konnte schließlich genauso gut von ihm sein, er brauchte keinen Vaterschaftstest oder andere Beweise, was machte das schon, er würde es als das seine akzeptieren.

Eine vielversprechende Zukunft schimmerte am Horizont.

Seine Finanzen waren geregelt, und von der Lauterkeit seiner Absichten würde Christine bald überzeugt sein, er mußte nur die Zeit für sich arbeiten lassen.

Er sehnte sich plötzlich nach einem beruhigenden Fichtennadelbad.

Er ging ins Badezimmer, drehte den Wasserhahn auf und zog sich aus.

Thomas, ha!

Diesen armseligen Wurm hätte man doch in alten Zeiten zur allgemeinen Belustigung kielgeholt! Um ihm Respekt vor der Mannschaft und ihren ungeschriebenen Gesetzen einzuflößen; nur hätten vermutlich sogar die Haie dieses blasse Stück Fleisch verschmäht.

Dann wäre der Schwächling eben aus Versehen ersoffen, umsonst, für nichts . . . aber man hätte seinen Spaß gehabt. »Und 'ne Buddel voll Rum!« trällerte er.

Peter träumte in den breiten Strahl der Badearmatur, tauchte seine Hand in das duftende, grüne Wasser in der Wanne, und das Rauschen sang ihm eine gefährlich verführerische Melodie.

Er betrachtete sich im Spiegel, drehte sich um die Achse und ließ seine Muskeln spielen.

Mit Thomas würde er schon fertig werden!

Was für ein lächerlich ungleicher Kampf, den er auch noch heimlich, ohne Wissen des Gegners, in allen strategischen Einzelheiten vorbereiten und führen konnte!

Thomas, der angegriffen und müde wirkte, mit der zu allem entschlossenen Betty im Nacken und einer jungen Christine, die ihn schon jetzt zu überfordern schien. Kaum vorstellbar, daß sie mit ihm die gleichen leidenschaftlichen Spielchen trieb wie mit Peter.

Und dabei hatte er noch lange nicht alle Register gezogen! Einen prickelnden Vorgeschmack auf zu erwartende Nächte hatte er ihr gegeben, ein Amuse-gueule, und sie gierte zweifellos nach den Hauptgängen des Menüangebots.

Die Zeit für sich arbeiten lassen, o ja! Aber in seinem Sinne! Ein bißchen Gott spielen und am Rad des Schicksals drehen.

19

Christine war im dritten Monat. Weiter, als sie geglaubt hatte. Sie freute sich auf ihr Baby. Hanna hatte sie beim Bäcker an der Hauptstraße in Ammerland getroffen und unverzüglich die Neuigkeit erfahren.

»Meinen Glückwunsch«, sagte sie über ihren Kaffee gebeugt und betrachtete sie.

Christine hatte dieses seltsame Schimmern in den Augen, diesen rosa Schleier gut durchbluteter Äderchen auf der Haut, der Schwangere so schön werden ließ, aber Hanna immer nur an neununddreißig Grad Fieber erinnerte.

»Danke«, lächelte die werdende Mutter madonnengleich und hielt eine Hand auf ihren Bauch, der kaum eine Wölbung zeigte.

Hanna war verlegen und hielt das Gespräch nur schleppend in Gang. Sie dachte an Achim und konnte sich dieses übergangslose Glück, dieses neue Kind kaum vorstellen.

Vielleicht regulierten ja die Hormone Trauer und Freude, Leid und Wonne. Vielleicht war das der Schlüssel, Kriege, Katastrophen und Tod überstehen zu können, ohne wahnsinnig zu werden.

»Thomas wird ein wundervoller Vater sein«, schwärmte Christine. »Er freut sich so sehr auf unser Baby. Wir renovieren gerade, damit er nächsten Monat einziehen kann, jedenfalls noch vor Weihnachten.«

Sie hatte kein mitleidiges Wort für Betty. Sie lebte bereits in der Zukunft, für ihren neuen Mann und mit sorgenfreien Alltagsvisionen.

Hanna sah eine adrette Christine und Thomas mit seiner speckigen Aktentasche, wie sie sich glückstrahlend über ihr glucksendes Baby beugten, um ihm die Windel zu wechseln. Rosarot und himmelblau, schluchzende Geigen in der Wölkchentapete.

Hanna gab vor, es eilig zu haben, und verabschiedete sich etwas übereilt.

Warum konnte sie sich nicht mit ihr freuen, etwas herzlicher oder wenigstens netter sein? Irgend etwas war oberfaul an der ganzen Geschichte.

Jedenfalls hatte Peter mit dem Kind nichts zu tun, das ließ sich leicht nachrechnen. Aber warum hatte Christine ihn hingehalten? Hatte sie noch einmal aus dem Vollen geschöpft, sich ein paar Junggesellenabende mit ihm gegönnt? Statt wie am Polterabend Teller hinter sich zu werfen, Peter aufs Kreuz gelegt?

Peter hatte zwar die Verführbarkeit und Verfügbarkeit der meisten Männer, ob verheiratet oder ungebunden, aber wenn er sich ›aufs Kreuz legen‹ ließ, dann beabsichtigt und in allen Einzelheiten geplant. Er besaß das Monopol an dem großen Honigtopf und ließ die Bienen bestenfalls in dem Glauben, eine süße Entdeckung gemacht zu haben.

Hanna steuerte nach Hause und sah Betty, wie sie mit ihrer alten Kamera Fotos von ihrer Ankunft schoß, sie beim Aussteigen und Ausräumen knipste, sie bis zur Haustür mit der Linse verfolgte.

»Laß das!« wehrte Hanna unwillig ab. »Was soll das überhaupt?«

»Ich lenke mich ab.«

Hanna mixte zwei Drinks und prostete ihr zu.

Allmählich wich die trübe Stimmung aus ihren Gedanken, sie freute sich, daß Betty da war, und verzieh ihr in diesem Moment all die nervenaufreibenden Wochen. Sie tat ihr nur noch unendlich leid, und sie mochte sie.

»Setz dich zu mir«, sagte sie zu Betty und bugsierte sie in ihr Arbeitszimmer, das neben dem Wohnraum lag. Hanna schaltete den Overheadprojektor an, der ihr das Durchzeichnen und Kopieren ihrer Skizzen und Fotovorlagen erleichterte.

»Dritter Monat, weißt du's schon?« fragte Betty mürrisch über den Rand ihres Glases. »Thomas denkt daran, auszuziehen, aber da hat er sich geschnitten! Nur über meine Leiche trägt er einen Koffer aus der Tür, geschweige denn sonstwas.«

»Du wirst es nicht verhindern können. Ich meine, du solltest dich langsam mit der neuen Situation anfreunden. Auch wenn's schwerfällt.«

»Nein! Ich kenne meinen Mann. Es wird ihm noch leid tun, daß er mir das alles angetan hat. Eine neue Familie gründen, Quatsch! In seinen Jahren! Der alte Zausel kommt doch schneller wieder heimgedackelt, als er ahnt.

Aber ich werde ihn wieder aufnehmen und dann nicht verstoßen, wie er mich verstößt. Es wird alles bereit und wie immer sein.« Sie lachte triumphierend und stieß ihr Glas in die Höhe. »Darauf wette ich meinen Kopf und den von dem Flittchen dazu!«

Hanna verzichtete auf den üblichen Protest und ließ sie gewähren. Sollte sie doch ihre Kraftausdrücke benutzen, das war eben Betty, wie sie ihren Panzer polierte und sich gegen die Unbill ihres verkorksten Lebens wappnete.

»Apropos Ablenkung, statt unsinnig Fotomaterial zu verknipsen, könntest du zur Abwechslung mal ein paar Aufnahmen vom See machen. Herbststimmung etcetera. Vielleicht finden sich darunter wieder ein paar brauchbare Hintergründe für Illustrationen. Wie wär's damit?«

Betty ließ sich begeistern. Sie ergriff die Gelegenheit, etwas Sinnvolles zu tun und nützlich zu sein, als hätte man ihr ein langersehntes Weihnachtsgeschenk vorenthalten und nun mit einer großen, bunten Schleife überreicht. Wie viele Wochen, inzwischen Monate, war sie auf Ablehnung gestoßen und war mit ihren einsamen Hilferufen allein gelassen worden?

Hanna begriff in diesem Moment, daß Betty unablässig gegen eine drohende Isolation angekämpft hatte, zu der die erbarmungslose Haltung ihrer Freunde nicht unwesentlich beigetragen hatte.

Sie dachte an die halbe Stunde, die sie heute mit Christine verbracht hatte, und wie verlogen ihr die ganze Sache vorgekommen war.

Betty war immer Betty geblieben. Ganz schön verrückt, aber ehrlich in ihrer Naivität und ehrlich mit all ihren Dummheiten.

Christine dagegen schien ein Spiel zu spielen. Seit heute nachmittag konnte Hanna sie nicht mehr ernst nehmen. Als Christine von ihrem Baby gesprochen hatte und Thomas' Einzug und die frohe Zukunft erwähnte, war keine Wärme in ihren Augen gewesen.

Wie eine verzogene Göre spielte sie lustlos mit ihren Barbie-Puppen, Ken-Thomas richtete sie ein Zimmer in dem rosaroten Traumhaus ein, neben der plüschigen Wiege ein kanariengelbes Babyphone; Ken-Peter mußte draußen bleiben! Dabei hatte sie längst jede Freude an den Plastikzombies verloren. Es war wohl nur eine Frage der Zeit, wann sie die beiden in die Ecke pfeffern würde.

Dumm war nur, überlegte Hanna, daß sich zwei ihrer besten Freunde in dem Kinderzimmer aufhielten und offenbar Gefallen daran fanden, in dem Barbie-Haus hin- und hergerückt zu werden.

Betty versuchte, einen neuen Film in die Canon zu fummeln und merkte nicht, daß Hanna sie lange beobachtete.

»Komm mal her, du bewunderungswürdiges Stehaufmännchen«, sagte Hanna zärtlich und nahm sie in die Arme. Um sie fest zu drücken und stille Abbitte zu leisten.

Betty vergrub für einen glückseligen Moment ihren Kopf an Hannas Schulter und stieß sie dann von sich.

»Nun sieh mal, was du jetzt wieder angerichtet hast!« freute sie sich mit feuchten Augen. »Der blöde Film ist an meinem Busen hängen geblieben, und jetzt ist das ganze Ding belichtet.«

20

Thomas hatte sich in die Ecke des Sofas verkrochen, von der aus er den besten Überblick über das Durcheinander in dem großen Raum hatte.

Christine wühlte in alten Taschen, Körben und Kartons, fegte Regale aus und ordnete um.

Ein friedliches Bild, doch Thomas spukten seit gestern die entsetzlichsten Gedanken durch den Kopf.

Er hatte ein paar Sachen zusammengepackt, die er bei Christine unterbringen wollte, hatte Schränke und Schubladen nach seinen privaten Utensilien durchstöbert, die Betty nicht unbedingt in die Hände fallen mußten. Dabei hatte er dieses dreckige alte Ding in Bettys Nachttisch gesehen!

Was war das, um Himmels willen? Eine Babyrassel? Seit wann lag sie da, und warum war sie ihm bisher nie aufgefallen? Er traute sich nicht, Betty danach zu fragen. Aus Angst, eine unbefriedigende Antwort zu erhalten, und er wollte nicht der Peinlichkeit ausgesetzt sein, sich gegen Betty stellen zu müssen.

Wie kam er dazu, seiner eigenen Frau etwas so Ungeheuerliches zu unterstellen? Das war sein erster Gedanke gewesen, als er aus ihrem Zimmer ging: Achim!

Es konnte doch wohl nicht sein, daß ihm Verrat an Betty näher lag als eine friedliche Scheidung!

Er war verwirrt, er mochte diese häßlichen Möglichkeiten nicht, die sich wie Pilzgeflechte über seinen Verstand legten.

»Diese Kiste kann auch weg«, sagte Christine und holte ihn wieder in die Realität zurück.

Sie blätterte prüfend in dem Häschen-Schule-Buch, das sie schon als Kind von ihrer Mutter bekommen hatte.

»Ist noch in Ordnung«, stellte sie fest und wischte beiläufig über den Einband.

Stoffüberzogene Erlebniskladden mit aufgesetzten Täschchen und mit Laschen, die durch Schlaufen gezogen werden mußten, mit allerlei Druck- und anderen Knöpfen zum Auf- und Zumachen waren ebenso ihrer Aufräumwut zum Opfer gefallen wie ein Berg anderer, unschuldiger Kinderbücher und Spielsachen.

»Igitt, alles vollgesabbert«, kommentierte sie ihr Ausleseverfahren.

Anfangs war Thomas schockiert gewesen, daß sie sich schmerzlos von diesen Sachen trennen konnte. Immerhin hatte Achim damit gespielt. Aber als er Achims Lieblingsstofftier, ein flauschiges Äffchen, ohne das er nie einschlafen konnte, in der Mülltonne entdeckt hatte, glaubte er, Christine zu verstehen.

Sie wollte nicht mehr trauern, sie wollte sich auf ihr Baby freuen und einen neuen Anfang machen. Deshalb stellte sie wie besessen die Wohnung auf den Kopf.

Thomas bewunderte sie dafür, daß sie sich mit Achims Tod abgefunden hatte und ihren Schmerz mit dem Blick in die Zukunft überwand.

Was für ein Mut und was für eine Kraft gehörten dazu!

Er selbst torkelte von einem ungeklärten Desaster in das nächste, und da machte eine Fünfundzwanzigjährige ihm vor, wie man das Leben meistern konnte!

Man mußte einen Schlußstrich ziehen und neu anfangen können. Ohne verquaste Sentimentalität, ohne Bedauern.

Christine hatte nie wieder über Achim gesprochen, und wenn während einer Unterhaltung unvermeidbar sein Name fiel, hatte sie so getan, als hätte sie ihn nicht gehört, hatte ihn ignoriert und in eine Ferne gelächelt, die alles sein konnte: Erinnerung an Achim, Erinnerung an einen Nachmittag, an dem sie seine nackten Beine im Buggy geküßt hatte, seine winzigen Füße, die keine Gelegenheit bekommen hatten, Abdrücke auf dieser Erde zu hinterlassen.

Verdrängen, daß sie nie mehr sein komisches, zahnloses Lächeln sehen würde, sein bedingungsloses Vertrauen, wie er nach ihren Fingern grabschte und sie drückte, sosehr es die kleine Kraft nur zuließ.

Igitt, alles vollgesabbert!

Zukunft? Ein Baby ...? Er konnte sich nur mühsam damit anfreunden. »Das neue Baby«, sagten jetzt alle. Eine neue Puppe, ein neues Irgendwas.

Er hatte doch bereits eine Familie, er hatte einen Sohn, um den er sich, zugegebenermaßen, nur so weit wie nötig gekümmert hatte.

Und jetzt tat sich ihm eine Zukunft auf, die er ... wollte? Er liebte Christine!

»Ist ja widerlich! Womit hat der Junge denn den versaut?« Sie hielt mit spitzen Fingern einen schmuddeligen Elefanten am Ohr und beförderte ihn mit Schwung in die nächste Mülltüte.

Manchmal machte sie ihm angst.

Angst!

Er dachte wieder an die Rassel in Bettys Schublade. Er suchte mit den Augen Christines Unordnung nach einem vergleichbaren Spielzeug ab. Er konnte Christine unmöglich fragen, ob Achim so eine Rassel besessen hatte, ob sie eventuell ein solches Spielzeug vermißte.

Er konnte auch Betty nicht nach der Herkunft fragen. Vielleicht gehörte sie seinem Sohn, und Betty hatte sie aus reiner Sentimentalität bewahrt . . .

Oder hatte Betty doch etwas mit Achims Tod zu tun . . .?

Unbarmherzig sponn er den Gedanken weiter.

Dann taten sich ja ganz neue Perspektiven auf: Er würde ihr keinen Pfennig Unterhalt bezahlen müssen . . .

Die Rassel war sein Sechser im Lotto, das beste Druckmittel, das ihm die Vorsehung in die Hände spielen konnte. Er hatte bei einer Scheidung Betty in der Hand!

›Wie leicht könnte man ihr das einreden!‹ dachte er in seiner Sofaecke und wunderte sich über seine Kaltblütigkeit.

Er sah Christine zu, wie sie ihren aufregenden Körper bewegte, wie der Duft ihres Parfüms ihn umwob und in eine rauschhafte Stimmung versetzte.

Er wollte mit ihr schlafen. Jetzt!

Christine schien seine Gedanken lesen zu können. Sie rutschte zu ihm auf das Sofa und drängte sich an seine Seite.

»Thomas, liebst du mich?«

»Ich liebe dich«, er zauselte ihren verrückten Pony und wiederholte überzeugt: »O ja, ich liebe dich.« Christine lehnte ihren Kopf an seinen Arm. Sie öffnete sein Hemd und strich es ihm von den Schultern, dann knöpfte sie entschlossen seine Hose auf. Wild und hemmungslos.

Er war sich sicher, das war die erträumte Zweisamkeit. Zu Hause!

Vorsichtig wollte er sie lieben, aber sie war haltlos und gierig, was er nicht zu beantworten wußte. Ihre Lust war ungezügelt, sie drängte ihm einen Rhythmus auf, den er nicht nachvollziehen konnte.

Das war nicht Leidenschaft, das war beängstigend und grenzte an Nötigung. Das war nicht richtig!

»Oooh, meiiin Gooott, Thomas!« Sie forderte den Höhepunkt mit kräftigen Bewegungen, und Thomas tat seine Pflicht.

Ein Stern am Firmament verlosch in seiner Explosion, um nie wieder zu erstrahlen. Sie hatten ein schweißtreibendes, erbittertes Ringen veranstaltet. Er hatte sich aufgeilen lassen und sich und sie befriedigt. Masturbiert, mehr nicht!

Er hatte mit Christine nichts anderes als eine gute Nummer durchgezogen und ausgerechnet dabei an Betty gedacht, die verzweifelt sein mußte, die sich niemandem mehr anvertrauen konnte, die er im Stich ließ. Er verstand zum ersten Mal, was er ihr jahrelang vorenthalten und verweigert hatte.

Das war doch krank! Hier umschmeichelte ihn das bezauberndste Wesen, das sein Kind in ihrem Leib hatte, und liebte ihn – und er war in Gedanken bei Betty, seinem Ehegespons aus fragwürdigen Tagen, das er gerade noch verflucht hatte, das er unelegant, aber immerhin losgeworden war.

Und jetzt täuschte ihm die Praline auf dem Kopfkissen vor, süßer zu sein als die Wonnen der Ehefreiheit?

»Wie wunder-wunderbar!« schnurrte Christine und zog sich das Höschen über den knackigen Po. Sie trällerte eine Melodie und stand verklärt im Türrahmen. Sie strich sich über die Innenseiten ihrer Schenkel und sah ihn herausfordernd an.

»Ich liebe uns!« sagte sie und drehte lasziv zur Küche ab.

»Ich habe einen Bärenhunger, was möchtest du? Einen strammen Max?« Sie funkelte ihn an und hielt zwei Eier auf unsittlicher Höhe, schnappte sich eine Pfanne, brutzelte Schinken und toastete Brot, ohne Thomas die Wahl zu lassen.

›Was mache ich mir unnötige Gedanken?‹ fragte er sich und betrachtete sie wieder erregt. Der Duft gebratener Butter und Zwiebeln beschwichtigte ihn, das geröstete Brot erinnerte an Großmutters Backofen, und Christine bastelte an ihrem gemeinsamen Nest.

Er würde es Betty erklären können, seiner warmherzigen Betty, die voll Güte in jeden Kinderwagen schaute und mit fremden Babys schäkerte. Legte sie ihm nicht liebevoll die Sachen zurecht, wenn er in seinem Haus übernachtete? Zeigte sie ihm nicht mit ihrer Rücksichtnahme, daß sie ihm im Grunde längst verziehen hatte?

Sie mußte Christine doch dieses Kind gönnen! Es war doch auch ein bißchen ihr Kind, wenn es von ihm kam, und Christine war immer schon wie eine Tochter in ihrem Haus gewesen.

Während sie ihren Nachmittagsimbiß einnahmen, klingelte es. Christine stürzte zur Haustür.

»Das wird Peter sein«, rief sie erfreut und öffnete.

»Wie schööön«, sie tänzelte um Peter herum, der ein massives Holzregal ins Zimmer schleppte.

»Ganz nach Ihren Anweisungen, gnä' Frau«, er zückte die imaginäre Dienstmütze, ließ sich neben Thomas auf einen Stuhl fallen und klopfte ihm kameradschaftlich auf die Schulter.

»Spendier mir ein Bier, alter Kumpel, die Weiber halten einen doch ganz schön auf Trab!«

»Stimmt«, sagte Thomas und gestattete sich einen zweideutigen Blick zum Himmel.

»Schweinebande«, gickerte Christine, drängelte sich zwischen die beiden und umarmte Peter. »Du Irrer! Wir haben doch gestern erst über das Regal gesprochen, wie kannst du denn heute schon damit fertig sein?«

»Nun, da du mir sowieso schlaflose Nächte bereitest, kann ich die einsamen Stunden schließlich auch sinnvoller verbringen, als gegen die trostlose Schlafzimmerdecke zu starren. Aber anstreichen mußt du es selbst . . .« Er zwinkerte Thomas zu und gab, von Mann zu Mann, zu verstehen, daß man den Weibern nicht unbedingt jeden Gefallen tun mußte.

Thomas prostete ihm zustimmend zu.

Peter war ihnen in diesen Tagen ein aufmerksamer Freund gewesen, und Thomas hatte sich inzwischen an die flapsigen Anzüglichkeiten gewöhnt. Es machte ihm sogar Spaß, auf Peters lässige Ausdrucksweise einzugehen.

Er wußte schon nicht mehr, warum er überhaupt einmal eifersüchtig auf ihn gewesen war. Christine hatte ihm vor kurzem die Leviten gelesen und ihm seine spießerhafte Humorlosigkeit vorgeworfen.

»Was ist schon dabei? Wir reden doch alle so, du mußt mal Hanna hören . . .«

»Die beiden hatten immerhin mal was miteinander.«

»Klar, in der Steinzeit, du Sturkopf! Gib's zu, es ist doch besser, geheime Gelüste in freundschaftlichen Albereien auszutoben, als es hinterrücks dann doch zu tun«, hatte sie seine Verdächtigungen als unbegründet abgetan und seiner Eifersucht den Boden entzogen.

Es war alles so beruhigend leicht und unkompliziert. Man mußte sich nicht länger seiner Gefühle schämen. Ein frischer Wind wehte durch die muffige Bude seiner Biederkeit. Sollte doch der verklemmte Werther in dem altdeutschen Mobiliar verschimmeln!

Thomas war in einen berauschenderen Abschnitt seines Lebens eingetreten.

Christine begutachtete begeistert das Regal mit den zwei Einlegeböden, das genau nach der Länge des Kinderbettchens bemessen war, und rührte bereits in der hellblauen Farbe, mit der sie die beiden Möbel anstreichen wollte.

»Unsere liebe Freundin dürfte die nächsten Tage beschäftigt sein«, grübelte Peter laut über sein Glas und stieß Thomas mit dem Ellenbogen an. »Segeln ist angesagt! Mal im Ernst, ich könnte noch einen Vorschoter brauchen, komm doch mit. So einen traumhaften Herbst gibt es nur alle Jubeljahre einmal. Bevor ich das Boot einmotte, will ich die letzten Sonnentage zum Segeln nutzen. Einmal noch, dann geht's für das nächste halbe Jahr wieder in den Winterschlaf.«

»Sag ja!« kommandierte Christine mit Farbklecksern auf der Stirn. »Du würdest mich bloß stören. Ihr Männer wißt doch sowieso alles besser«, lästerte sie gutgelaunt und wedelte mit dem triefenden Pinsel.

Es gab keinen Grund zu zögern, und Thomas sagte herzlich gerne zu. Warum auch nicht? Es tat gut, Freunde zu haben. Gab es etwas, das perfekter und sinnlicher war, als mit diesem Gefühl einen Tag auf dem spiegelnden See zu verbringen, sich von den herbstbunten Ufern inspirieren und die Seele baumeln zu lassen?

Und wenn das Wetter mitspielte, würden sie mit geblähten Segeln auf die Alpen zugleiten und das Schneeferner-Haus auf der Zugspitze blinken sehen.

21

Christine pinselte weiter und beobachtete die Seglerfreunde.

Ihre beiden Männer! Der eine war ihre Lebensversicherung, der andere stillte ihren Durst auf das geheime Abenteuer, die verbotene Berührung, die an Sinnlichkeit jede legitime Verbindung übertraf. Phantasien von schwitzenden Körpern, einer Vergewaltigung nahekommenden Affäre würzten die Gedanken. ›Es könnte uns jemand beobachten‹, heizte mehr ein als ein banales ›Laß dich umarmen, laß uns in unser Ehebett kriechen‹.

Wie langweilig!

Die schamlosen Berührungen in einer ahnungslosen Öffentlichkeit hatte sie mit Thomas gekostet, konnte und würde sie nun mit Peter perfektionieren. Das pfefferte das Gericht, goß Tabasco über die langweilige Tagespampe. Die Hilflose spielen, aber die Domina in der Schaltzentrale sein!

Lüsterne Blicke zu Thomas, vor dem sie nur mit dem Hintern wackeln mußte, um ihn wie einen dressierten Bären tanzen zu lassen, und das stille, geile Einverständnis mit Peter, der sie mit den Augen auszog, dem sie sich vor Thomas, dem guten Kumpel, hingeben konnte.

Thomas, der sich zum perfekten Vater formen ließ, den sie, mit Peters unfreiwilliger Hilfe, gefügig gemacht hatte, der seinen Freunden vertraute.

»Peter, mein Peter! Wir werden noch viel Spaß miteinander haben«, sagte sie fröhlich in das Himmelblau des Kinderbettchens.

Thomas liebte sie aufrichtig. Als Kavalier der alten Schule verließ er Haus und Hof, um sich der armen Schwangeren anzunehmen, einem ungesagten Versprechen Wort zu halten. Süß! Wie rührend auch seine absurden Bemühungen, mit Peter mithalten zu wollen. Er steckte doch tatsächlich sämtliche Anzüglichkeiten weg wie befohlen, machte sich zum Affen mit seinen täppischen Versuchen, jugendlich zu erscheinen.

Wie köstlich auch die Momente, wenn das Laszive ihn allzusehr bedrohte. Ein Fingerschnippen, ein Kuß, eine läppische Geste genügten dem alten Mann, wieder auf Touren zu kommen!

Christine hatte sich die ganze Sache nicht so idiotisch einfach vorgestellt.

Peter hatte ihr von dem Unglückstag erzählt: Betty taumelnd am Strand; wie er das fette Miststück in seinen Wagen hieven und den Beutel mit der leeren Weinflasche aufklauben mußte; daß sein Ekel über diesen Misthaufen Mensch schier unerträglich geworden war, als er von der anonymen Anzeige wegen unterlassener Aufsichtspflicht erfuhr.

Seitdem feilte Christine an ihrem Rachefeldzug, und mit

abgrundtiefem Haß auf Betty nahm sie Thomas in Besitz, diesen liebeshungrigen Trottel mit der weitgeöffneten Brieftasche. Wenn das die knappgehaltene Betty wüßte!

Christine zog einen schwungvollen Strich über das Regal. Abgehakt! Dieser Punkt ging schon mal an sie.

Schließlich hatte sie nur noch darauf gelauert, in das Haus kommen zu können. Thomas hatte es ihr leicht gemacht, indem er ihr das Ausräumen einiger Hemden überließ, als Betty gerade in München war. Dabei entdeckte sie die blauweiße Badetasche, ohne die Betty im Sommer nicht aus dem Haus ging. Es war ein leichtes Spiel, die Uraltrassel darin zu verstauen.

Sollte die alte Saufdrossel doch an diesem Rätsel zugrunde gehen!

Sollte sie doch an Zweifeln und Albträumen ersticken!

Christine konnte sich genüßlich zurücklehnen und das Ende dieser dummen Ehe abwarten. Ein spannendes Finale, wobei der schärfere Dorn des Gegners entscheiden würde.

Ein blutiges Ende, das sie hinter dem sicheren Schutz der Arena betrachten würde. Teilnahmslos, denn der Gewinner stand bereits fest: sie hatte die Fäden in der Hand. Welches Hähnchen im Kochtopf landete, war schließlich egal. Sie hatte das Kind, sie hatte den kleinen Clown, der die Menschen zum Weinen, zum Lachen oder Ausbluten brachte.

22

»Hast du meinen langen Wollpullover aus der Reinigung geholt?« hatte Thomas am Telefon gefragt und gutgelaunt von einer Segelpartie gesprochen. Natürlich lag das unförmige Ding seit gestern auf dem Küchentisch. Wie in all den Jahren, in denen sie sich fürsorglich um ihn gekümmert hatte.

Jetzt ging er mit dem schwangeren Flittchen auch noch segeln, dieser unsportliche Schreibtischhengst, der schon bei der geringsten Gartenarbeit aus der Puste kam.

Unruhe und Verbitterung trieben Betty durch das verwaiste Haus. Sie öffnete Kommoden und inspizierte sogar die Wäsche, als müßte sie einem stummen Vorwurf widersprechen und nachdrücklich beweisen, ihre Pflicht getan zu haben.

In Thomas' Zimmer nahm sie jeden Anzug mit dem Bügel aus dem Schrank, prüfte und wendete die Jacketts und Hosen. Kein Knopf fehlte, keinen Flecken hatte sie übersehen.

Überrascht hielt sie plötzlich ein unbekanntes Kleidungsstück in der Hand.

»Der alte Fatzke hat sich tatsächlich was Neues zugelegt«, belächelte sie den dunkelblauen Seidenblazer. »Und sündteuer dazu!«

Sie hängte das Jackett an die Schranktür und erkannte die Doppeldeutigkeit ihres Gedankens.

»Neu und teuer! Dann zahl auch dafür!«

Sie sog tief an ihrer Zigarette und hielt die Glut an den kobaltblauen Kragen. Butterzart zerfloß die Seide in einem häßlichen Loch, aus dem das Unterfutter qualmte.

Begeistert wiederholte sie die Prozedur neben der Knopfleiste, unterhalb der Taschen, an den Ärmeln.

Sie mußte sich eine zweite Zigarette anzünden, um die Schulterpolster aus Nylon zu traktieren. Beißender Gestank begleitete das Auflösen des Kunststoffgewebes, das krümelig in der Wattefüllung zerschmolz.

Schließlich hielt sie das Feuerzeug an den unteren Saum der Jacke, hängte sie glimmend wieder in die Reihe der Anzüge und schloß sorgfältig die Schranktür.

»Dann schmort mal schön«, sagte sie und verließ zufrieden das Zimmer.

»Wahrscheinlich hast du Tranfunzel in den Schrank geascht! Schau dir doch nur die Löcher in unserem Teppichboden an, woher kommen die wohl?« schrie Betty zurück. »An mich denkst du dabei natürlich nicht! Wenn ein Feuer ausgebrochen wäre . . .«, sie griff an ihr Herz und ließ sich in einen Sessel fallen.

». . . dann hättest du auch kaum die zwei Schritte bis zur Tür geschafft«, spottete Thomas und warf den angekokelten Kleiderhaufen auf die Terrasse.

Drei Anzüge waren komplett ruiniert, der Seidenblazer nicht mehr zu erkennen.

Betty hatte, den vorgeschriebenen Haushaltsfeuerlöscher in der Hand, nach zehn Minuten in dem Zimmer nachgesehen und festgestellt, daß das Feuer aus Sauerstoffmangel erst gar nicht zum Ausbruch gekommen war. Vorsichtig hatte sie in den Schrank geschaut und ihn gleich wieder geschlossen. Socken, Unterwäsche, Krawatten und Hemden, Anzüge und Strickjacken rußten in der Räucherkammer wie die Saiblinge und Renken zur Hauptsaison.

»Das zahlt doch keine Versicherung«, jammerte Thomas und schnupperte angeekelt an den unversehrt gebliebenen Anzügen. »Damit saniere ich jede Reinigung im Landkreis!«

»Kann ich dir irgendwie behilflich sein?« fragte Betty harmlos.

»Laß bloß die Finger von meinen Sachen!« tobte Thomas um den aschegrauen Wäscheberg. »Laß mich in Ruhe!«

»Bitte sehr. Dann findest du mich bei Hanna«, sagte Betty, trippelte um ihren schimpfenden Mann herum und verzog sich in den Nachbargarten.

23

Die Abendsonne ließ die Laubbäume gerade noch einmal in einem letzten Farbenrausch erglühen. Hanna stand verträumt an ihrem Küchenfenster, bewunderte das herbstliche Schauspiel und wusch dabei eine gußeiserne Kasserolle ab.

Betty war richtig albern gewesen!

Hanna wußte nicht, was sie von dieser irrwitzigen Geschichte mit dem brennenden Kleiderschrank halten sollte, die Betty eben zum besten gegeben hatte. Sollte sie dem verrückten Huhn trauen, dieser feixenden Unschuldsmiene, der man das schöne Wetter nicht glauben wollte, auch wenn die Sonne hoch am blauen Himmel stand? Betty hatte über das Unglück fast Tränen gelacht, als hätte jemand ihrem Mann einen besonders üblen Streich gespielt.

Auch das noch! Sie erkannte den ausgelatschten Volkswagen sofort wieder und hätte sich am liebsten aus der Hintertür verdrückt.

Wie kam der Mensch dazu, unangemeldet bei ihr aufzutauchen? Jetzt war es natürlich zu spät, Walter hatte sie am Fenster ausgemacht und kam winkend auf das Haus zu. Ein Gang wie Henry Fonda, schlaksig, in dunklen Jeans und einem lässig-eleganten Jackett . . .

Hanna taxierte ihn übelgelaunt durch die Scheibe. Die blödsinnig kurzrasierten Haare, die harmlose junge Männer wie rechtsradikale Gesinnungsklone aussehen ließen, waren wieder zu einem dunkelbraunen Lockenbüschel herangewachsen, das sein verflixt hübsches Gesicht umrahmte.

Es war sicher schon fast ein Jahr her, rechnete sie kurz nach, seit sie ihn zuletzt getroffen hatte, und sie legte keinen gesteigerten Wert auf ein Wiedersehen.

»Tag, Walter«, sagte sie reserviert und gab ihm lasch die Hand.

Er entschuldigte sich dafür, daß er nicht vorher angerufen hatte.

»Wie ich die Sache sehe, hättest du doch alles darangesetzt, mich abzuwimmeln. Hab ich recht?« Er hielt ihre Hand fest und zwang sie, ihm in das gewinnende Spitzbubengesicht zu schauen, in diese großen, spöttischen und auch noch dunkelgrünen Augen!

»Absolut richtig!« maulte Hanna und gab sich geschlagen.

»Aber da du nun schon mal da bist . . .«, sie machte eine mäßig einladende Geste und bat ihn ins Haus.

Sie pflanzte sich mit angewinkelten Beinen auf das Sofa,

daß Walter sich mit dem Sessel gegenüber begnügen mußte, und sah ihn provozierend an.

»Du hast dich ja lange nicht mehr bei uns blicken lassen!«

»Ich hatte meine Gründe«, antwortete er freundlich und zog amüsiert eine Augenbraue nach oben.

Er war nicht im mindesten irritiert oder befangen, was Hanna verärgert zur Kenntnis nahm.

»Dann hattest du ja wohl auch gute Gründe, nicht auf Achims Beerdigung zu erscheinen«, blaffte sie ihn an und mühte sich, nicht die Beherrschung zu verlieren.

Walter wippte gelassen mit einem Bein.

»Immer noch der alte Karotten-Guerilla«, verknüpfte er ihre Gartenleidenschaft mit ihrem aufbrausenden Temperament, beugte sich vor und fixierte sie mit einem durchdringenden Blick.

»Sehr gute Gründe sogar . . .«

»Verdammtnochmal, Walter, die Beerdigung deines eigenen Sohnes . . .«

». . . und deshalb sitze ich jetzt hier. Weil du wahrscheinlich die einzige Person in diesem Irrenhaufen bist, mit der ich darüber reden kann. Vorausgesetzt, du kommst langsam von deinem Anklageroß herunter! Um das eine von vornherein klarzustellen: Achim war nicht mein Kind!«

Hanna war sprachlos.

»Die Ehe mit Christine war eine Farce, eine abgesprochene Sache, ein Scheingebilde, um den Namen der Familie nicht in Verruf zu bringen. Ich spielte das Bauernopfer, allerdings mit Vertrag und Abfindung«, er lehnte sich zurück und wartete die Wirkung seiner Worte ab.

Hanna brauchte einige Sekunden, um sich zu orientieren. »Und wer war der Vater?« fragte sie verwirrt.

»Mariannes Lebensgefährte, der vor knapp einem Jahr spurlos aus der Gegend verschwand, wie du dich erinnern wirst.«

Hanna wußte, wen er meinte. Christines Vater starb an Lungenkrebs, als Christine zwölf gewesen war, und Marianne hatte sich allein um sie gekümmert.

Bis sie Antoine Fabre kennenlernte, einen Schweizer Geschäftsmann und Besitzer eines renommierten Hotels am Lago Maggiore. Monsieur Fabre war viel unterwegs, verbrachte aber seine knapp bemessenen privaten Tage bei seiner angebeteten Marianne und ihrer Tochter. 15 Jahre lang!

»Und der hat sich an der armen Christine vergriffen?« flüsterte Hanna.

»Andersrum. Unsere gute Christine hat sich an dem armen Antoine vergriffen. Sie hat ihn regelrecht um den Verstand gebracht. Und Marianne mußte den Scherbenhaufen irgendwie zusammenkleben.«

Hanna verstand immer noch nichts.

»Marianne war gerade in den Landtag gewählt worden. Sie mußte unbedingt einen Skandal vermeiden. Sie kann sich seitdem keinen auch noch so leichten Schatten auf ihrer blütenweißen Weste leisten. Die Öffentlichkeit lauert doch nur mit Blitzlicht und gezücktem Stift darauf, ihre Kandidaten im Dreck zu sehen! Bewirb dich für ein Amt und kehr vor deiner Haustür, daß es nicht nur die eigenen Parteifreunde blendet. Und Marianne hatte plötzlich eine Menge zusammenzukehren. Antoine liebte Christine abgöttisch, die ihn gängelte, die unbedenklich mit seinen Gefühlen spielte und ihn zum Idioten machte.«

»Grundgütiger! Sag mal, woher weißt du das alles?«

Hanna stellte eine Flasche Wein auf den Tisch und reichte Walter ein Glas.

»Marianne mußte mich ins Vertrauen ziehen, sonst hätte ich gar nicht erst mitgespielt. Damals hatte ihr Christine bereits so zugesetzt, daß sie verzweifelt nach einer unauffälligen Lösung suchte. Dann wurde Christine schwanger. Sie wünschte sich das Kind, aber nicht den alten Antoine dazu, der sie unbedingt heiraten wollte. Marianne hätte dieser Ehe sowieso nicht zugestimmt. Zum einen war sie viel zu verletzt, zum anderen mußte sie befürchten, daß diese geschmacklose Geschichte irgendwann einmal nach außen dringen würde. Also mußte Antoine von der Bildfläche verschwinden. Womit mein Part in dem abgekarteten Spiel begann. Um den verliebten alten Trottel loszuwerden, sollte ich Christine heiraten. So einfach lief das ab!«

Hanna dämmerten langsam die Zusammenhänge.

Walter war Christines Freund seit frühesten Krabbeltagen, sie hatten zusammen den Kindergarten besucht, waren gemeinsam zur Schule gegangen, und es hatte niemanden gewundert, daß sie schließlich auch noch geheiratet hatten.

»Ich war arbeitslos«, nahm Walter die nächste Frage mit einem Schulterzucken vorweg. »Das Arrangement gab mir Zeit, über etwas anderes nachzudenken.«

»Und nach außen blieb der Schein gewahrt«, ergänzte Hanna. Ein geschicktes Vertuschungsmanöver, das das Gerede der Leute unterband, Christine einen passablen Gatten zur Seite stellte und das Kind vor dem Makel der Unehelichkeit verschonte.

Sie saßen eine Weile beieinander und hingen ihren Gedanken und Erinnerungen nach.

»Warum kommst du damit ausgerechnet zu mir?« wunderte sich Hanna.

Walter nagte an der Unterlippe.

»Aus alter Freundschaft vermutlich. Außerdem werde ich mit der Sache allein nicht mehr fertig.«

Nervös stand er auf und lief ein paar Schritte im Zimmer auf und ab. Dann blieb er vor Hanna stehen.

»Antoine hat sich am Tag unserer Hochzeit das Leben genommen! Und irgendwie bin ich mit schuld an seinem Tod.«

Er ließ sich schwer in den Sessel fallen.

»Der Gedanke daran ist manchmal kaum zu ertragen.«

Die grünen Augen schienen um Verzeihung zu bitten, Hanna um Absolution anzuflehen, oder auch nur um ein versöhnliches Wort.

»Wahnsinn!« stöhnte sie bloß.

Von dieser Familienintrige hatten alle profitiert, aber sie hatte dem armen Monsieur Fabre das Leben gekostet. Niemand weinte ihm eine Träne nach, bis auf Walter, dem das schlechte Gewissen wenigstens schlaflose Nächte bereiten mußte.

»Wie hat denn Christine Antoines Tod aufgenommen?«

»Mit einem gelangweilten Schulterzucken.« Irritiert suchte Walter Hannas Mimik zu deuten; einerseits war er erleichtert, sich bei ihr aussprechen zu können, andererseits verunsicherte ihn ihre ruhige Reaktion.

»Nun ja, Christine ist nicht ganz . . . normal. Sie will Sex, viel Sex, aber ihre Gefühle sind eisig, sie läßt die Menschen, die sie lieben, erfrieren und regelrecht zugrunde gehen, wenn sie sich nicht rechtzeitig ins Warme retten.« Er machte eine hilflose Geste. »Und sie ist wieder schwanger!«

Peter, Thomas. Das Barbie-Puppenhaus!

»Ich habe versucht, mit Peter und Thomas Kontakt aufzunehmen. Aus alter Freundschaft, wenn du so willst.«

Peter hatte ihm spontan von seiner Zuneigung zu Christine erzählt, und Walter konnte unschwer heraushören, daß weit mehr Emotionen im Spiel waren, als Peter zugeben wollte. Dann hatte Peter ihn mit Belanglosigkeiten abgespeist, wahrscheinlich, weil er in Walter nur noch Christines Exmann sah und es ihm peinlich wurde, intime Dinge mit ihm zu bereden.

Thomas hatte ganz anders reagiert. Er hatte jedes Gespräch von vornherein abgelehnt. »Wir wissen doch, wie du dich verhalten hast, also belästige uns nicht mehr!« und hatte den Hörer aufgeknallt.

»Was sagt denn Marianne dazu, daß Thomas und ihre Tochter zusammenleben wollen?«

»Sie enthält sich jeden Kommentars. Mit meiner Fragerei habe ich wohl alte Wunden wieder aufgerissen. Sie meint, ich interpretiere zuviel in die Angelegenheit hinein und solle gefälligst den Mund halten. Kein Mensch würde etwas von meiner sogenannten Besorgnis wissen wollen.«

»Augen zu und durch! Bis ihr langer Arm auch Thomas in seine Schranken weist«, spottete Hanna.

Doch Walter sprach Dinge aus, die sie schon gespürt hatte. Die Kälte in Christines Augen, die Teilnahmslosigkeit gegen Bettys Gefühle, das unterschwellige Gähnen, mit dem sie Thomas' Fortgehen bei Mario's abgehakt hatte.

Aber vielleicht war ja diesmal alles ganz anders, und Thomas und Christine wurden miteinander glücklich . . .

»Aber das Baby! Sie wünscht es sich doch so sehr.«

»Mittel zum Zweck«, seufzte Walter. »Ein Druckmittel gegen Marianne. Ein Kind macht sie unangreifbar. Die dominante Mutter hat nichts mehr zu vermelden, und das nutzt Christine schamlos aus. Nur dann hat sie den Mut, sich gegen den goldenen Käfig zu wehren, der ihr die Flügel gestutzt hat. Aber glaube nun nicht, daß sie flügge werden will. Es geht um das liebe Geld«, er machte eine ausgreifende Armbewegung. »Und um die jämmerlichste Form von Macht. Mit einem Kind im Arm bittet Christine nicht mehr wie eine brave Tochter, sie fordert!«

»Alles gut und schön«, grübelte Hanna laut. »Aber du hast selbst gesagt: weder Peter noch Thomas lassen bei dieser Geschichte mit sich reden. Meinst du nicht auch, daß sie von selbst ihre Schlüsse ziehen werden?«

Drei erwachsene Menschen, die, wie alle anderen auch, blind über die Einbahnstraßen der Erotik irrten und sich zum Kasperl ihrer Liebessehnsüchte machen ließen, na und?

»Vielleicht«, er sah nachdenklich aus dem Fenster und sagte nach ein paar Minuten: »Vielleicht sollten wir uns wirklich nicht einmischen. Können es wohl auch nicht. Aber ich habe damals Marianne erlebt, wie sie um den makellosen Ruf ihres Namens kämpfte und sich vor ihre Tochter stellte.«

»Mutter Wolf, die dich als Geißlein gleich mitgefressen hat?«

»Da ist was dran«, grinste Walter und wurde wieder nachdenklich.

»Sie hatte ja nicht nur aus Gründen der Familienehre Christine beschützt. Sie schützte auch die Umgebung vor Christine. Sie hatte bald gemerkt, daß mit ihrer Tochter etwas nicht stimmte. Kinder können grausam sein, das ist nichts Neues. Aber Christine blieb grausam. Als die anderen Kinder langsam Mitgefühl entwickelten, blieb Christine ungerührt. Der schwere Fahrradunfall ihrer Freundin ließ sie ebenso kalt wie der jämmerliche Tod ihres Hundes, der vergiftete Köder gefressen hatte. Sie stand neben dem armen Tier und sah interessiert zu, wie es sich unter grausamen Schmerzen krümmte und elend verendete. Ich war dabei, mir war schlecht geworden, und ich weinte, obwohl es nicht mein Hund gewesen war. Aber ich hatte genauso oft mit ihm gespielt und herumgetobt wie meine Freundin. Ich bewunderte Christine! Ich, der Junge, heulte mir die Augen aus dem Kopf, und sie stand stark und ohne mit der Wimper zu zucken einfach so da. Erwachsen, überlegen! Mit vierzehn Jahren. Sie schien alles im Griff zu haben.«

Walter strich sich eine Strähne aus der Stirn. Er sah wie der kleine Schuljunge aus, von dem er gerade erzählte, dachte Hanna gerührt.

»Erst Jahre später, als sich solche Vorfälle häuften, wußten wir, daß Christine . . . anders war. Nicht auffällig unnormal, aber es konnte einem eine Gänsehaut über den Rücken jagen, wenn sie neugierig, aber unsensibel die Leiden anderer betrachtete.«

Walter drehte sich zu Hanna um und lächelte schwach. »Sie kann bezaubernd sein. Das macht's ja so schwer.«

Hanna legte sanft ihre Hand auf seinen Arm. »Du hängst immer noch an ihr, nicht wahr?«

»Wie an einer kleinen, verrückten Schwester. Vergiß nicht, ich bin mit ihr aufgewachsen«, er drückte dankbar Hannas Hand. »Verstehst du jetzt, warum ich zu dir kommen mußte?«

Hanna nickte. Wie sehr ihn das alles belastete, hatte sein trauriges Gesicht gezeigt, während er sich diese Geschichte von der Seele redete. Aber sie wußte nicht so recht, was sie für Walter tun konnte.

»Ich nehme an, du hast Marianne das Versprechen gegeben, Stillschweigen über die Sache zu wahren . . .«

»Natürlich! Selbst meine Familie kennt die Zusammenhänge und Gründe unserer Ehe nicht. Sie hatten sich nur ein wenig gewundert, daß wir überhaupt geheiratet haben. Wir waren immerhin nicht gerade das typische Liebespaar.«

»Ich werde mit Peter reden«, sagte Hanna entschlossen, die den Freund noch einmal darum bitten wollte, Abstand zu Christine zu wahren. »Aber ich werde natürlich nichts von dem weitergeben, was du mir anvertraut hast. Ich bin froh, daß du gekommen bist!« fügte sie herzlich hinzu.

Sie saßen noch lange zusammen. Walter sprach über Achim und wie sehr ihn das Unglück erschüttert hatte. Er hätte Christine bei der Beerdigung nicht ansehen mögen, aus Angst, einen Hauch Gleichgültigkeit in ihrer Miene zu finden.

»Inzwischen bin ich wohl ein bißchen überempfindlich geworden.«

In entspannter Atmosphäre kamen sie bald auf andere Dinge zu sprechen. Sie fanden Gemeinsamkeiten und waren überrascht und ein bißchen verlegen, daß sie sich lange und tief in die Augen schauen wollten.

Weit nach Mitternacht trennten sie sich. Walter wohnte wieder in München, und Hanna drängte ihn, sie bald zu besuchen.

24

Der nächste Morgen war kühl und sonnig. Die letzten Nebelfahnen verirrten sich in den abgeernteten Feldern.

Sie würde Peter zum Frühstück einladen und seine Stimmung ausloten, überlegte Hanna, mehr konnte sie sowieso nicht tun.

Was für eine irre Geschichte! Die karrieregeile Politikerin, die offensichtlich nicht nur eine Leiche zwischen den edlen Rotweinen im Keller hatte, und Peter und Thomas in den Fängen eines kaltschnäuzigen kleinen Biestes, das mit ihrem zuckersüßen Kleinmädchenlächeln jeden Mann um den Finger wickeln konnte.

Lächerlich! Männer konnten doch einfach nicht so blöde sein ...

Sie rief Peter an. Er versprach, in einer halben Stunde bei ihr zu sein.

Walter war also wieder zurückgekommen. Hanna fand es sympathisch, wie er ihr ehrlich von den vergangenen Monaten berichtet hatte.

Er war wieder nach München gezogen, nachdem er sich eine Zeitlang in den industrieverpesteten, smoggepeinigten Ballungsgebieten oberhalb des Weißwurstäquators herumgetrieben hatte. »Arbeiter brauchen Vitamine«, hatte er zuversichtlich seine Missionstour begonnen – und war auf seinen Wundermittelchen sitzengeblieben.

Denn inzwischen hatten sich die Medien der vielen Diätpräparate angenommen und sie alle zusammen für Humbug erklärt.

Hübsche Ärztinnen hatten begnadete Sendeplätze und blieben Vorzeigeschönheiten einer ausgewogenen Lebensweise, experimentierfreudige Feinschmecker-Kolumnisten forderten fast militant von allen, die einen Kochlöffel zur Hand nahmen, sich gefälligst um frische Produkte zu bemühen. Wofür ihnen schon lange das Bundesverdienstkreuz zustand, fand Hanna.

Wie sich die Perspektiven änderten! Betty, der ungehörte Rufer in der Wüste, schien mit ihren Anschuldigungen recht zu haben. Thomas war der todesmutige Gatte einer Gottesanbeterin geworden.

Peter trabte vergnügt ins Haus.

»Es riecht nach ... Pfannkuchen!« freute er sich und nahm Hanna ausgiebig in die Arme. »Dir geht's gut, mir geht's gut, also, wo bleibt das Frühstück?«

Hungrig machten sie sich über die hausgemachten Marmeladen her, brieten Lage um Lage dünner, goldgelber Pfannkuchen und erzählten sich Anekdoten aus den letzten Monaten, die sie gemeinsam oder unabhängig voneinander erlebt hatten. Sie lästerten über ihre Freunde und verschonten sich selbst nicht.

»Wie geht's Christine?« fragte Hanna ohne Umschweife, nachdem sie zur Feier des Morgens einen edlen Champagner geöffnet hatte.

»Bestens, natürlich! Und runder wird sie auch«, er deutete einen Fußball über seinem Bauch an. Er lehnte sich zurück und verschränkte satt und zufrieden die Hände hinter dem Kopf.

»Und die Wohnung ist, dank meiner ausführlichen Mithilfe, inzwischen auch fertig«, sagte er nicht unbescheiden.

»Nett von dir, den beiden zu helfen. Und was macht die Liebe?« erkundigte sich Hanna.

»Ach, vergiß es! Man muß wissen, wenn man aufgeben

muß. Die beiden sind glücklich. Thomas ist ein netter Kerl, und wir sind gerne zusammen. Das ist alles.«

Thomas ist was? Der Langweiler, die Knallpfeife, wie sich Peter vor noch nicht langer Zeit ausgedrückt hatte, ein netter Kerl? Hanna glaubte ihren Ohren nicht zu trauen.

»Du meinst, du bist gerne mit Christine zusammen . . .«

»Auch, selbstverständlich . . .«

Auch! Das konnte nicht wahr sein!

». . . aber Christinchen hegt und pflegt nur noch ihren Leibesumfang und streicht ansonsten die Wohnung um. Alles hellblau. Unbeschreiblich!« Er hielt sich mit gespieltem Entsetzen die Hand vor die Augen und fuhr dann unbekümmert fort. »Also habe ich ein paarmal Thomas zum Segeln mitgenommen. Er stellt sich gar nicht mal so dumm dabei an. Bis nächstes Jahr ist er ein Klasse-Vorschoter! Und einigermaßen trinkfest ist er auch, was ihm schon große Anerkennung im Segelclub eingebracht hat.«

Hanna hoffte, nicht gerade mit offenem Mund dazusitzen.

»Du willst mir also weismachen, daß du mit Thomas um die Häuser ziehst, während das werdende Mütterchen sich um den Haushalt kümmert und ihre Männer erwartet?«

»So ungefähr. Mal abgesehen davon, daß ich mich von ihrem Bett fernhalte.«

»Noch immer Gelüste?« wollte es Hanna jetzt ganz genau wissen.

»Ach was! Ich bin heilfroh, daß das Durcheinander ein Ende hat. Im Ernst, wir haben Thomas bloß unterschätzt. Es macht Spaß, mit ihm zusammenzusein. Wenn der alte Knabe erst einmal aufgetaut ist, kommt eine anständige Portion Humor zutage. Du wirst es auch noch erleben.«

Spontan fiel Hanna ihm um den Hals. Sie war unendlich erleichtert, daß sie sich umsonst Sorgen gemacht hatte. Peter hatte einen guten Ausweg aus diesen Verstrickungen gefunden und sich mit Christine und Thomas arrangiert. Besser hätte das alles nicht ausgehen können!

»Na na«, meckerte Peter. »Wo bleibt die Würde?« Er hob fragend sein leeres Glas und besorgte die zweite Flasche Champagner aus dem Kühlschrank.

»Fast wie Silvester«, lachte Hanna in das Knallen des Korkens hinein. »Ein gutes Ende und ein noch besserer Anfang!«

Sie feierten die nächste Stunde. Peter schmiedete Pläne für seine Werkstatt und dachte daran, jemanden für das Weihnachtsgeschäft einzustellen, der ihn bei den reichlich anfallenden Aufträgen entlasten konnte.

»Arbeitslose Handwerker gibt es doch genug«, meinte er. »Vielleicht stellt sich dieser Jemand geschickt genug an, daß ich in der nächsten Saison mal wieder ein paar Regatten mitsegeln kann.«

Er dachte einen Augenblick nach und schlug dann mit der flachen Hand auf die Sessellehne. »Ich Idiot! Fast hätte ich das Wichtigste vergessen. Morgen ist Absegeln für die ›True Love‹ angesagt . . .«, so hieß sein Segelboot, das er nach *Die oberen Zehntausend* und einer unerreichbaren Grace Kelly benannt hatte. »Du würdest Thomas mal ganz anders kennenlernen. Komm doch mit!« bettelte er.

Das Angebot war verlockend, aber Hanna wehrte dankend ab.

»Wer sagt mir, daß morgen wieder die Sonne scheint? Ehrlich gesagt ist es mir am See bereits zu kalt. Und auf dem See erst recht. Ihr könnt mich aber vom Club aus anrufen, wenn ihr nach dem Törn noch dazu in der Lage seid. Dann trage ich gerne dazu bei, daß ihr nicht einsam und nüchtern die ›True Love‹ einwintern müßt.«

»Memme!« sagte Peter. »Vielleicht überlegst du dir's ja noch . . .«

Hanna jubelte innerlich. Walter hatte es gut gemeint, aber er lag, Gottseidank, völlig falsch mit seinen Befürchtungen. Sie würde ihn nachher anrufen und ihm von dem letzten Stand der Dinge berichten. Er konnte und sollte die Ereignisse der Vergangenheit endlich ruhen lassen.

25

Zehn Uhr dreißig. Peter sah prüfend aus dem Fenster und beobachtete die Tannenwipfel, die sich leicht im Wind wiegten. Bis ein Uhr würde der Wind, laut Wetterbericht und nach seinen langjährigen Erfahrungen mit den rasch wechselnden Windverhältnissen am Starnberger See, so weit aufgefrischt haben, daß sie einen guten letzten Segeltag erwarten durften.

Er trank seinen Kaffee und packte den Picknickkorb zu Ende. Gestern bei Hanna war er auf die Idee gekommen, den ordinären Bierkasten zu vermeiden, der üblicherweise die Boote der Segler zierte, und hatte zwei Flaschen Veuve Clicquot besorgt.

»Wie lieb und luftig perlt die Blase der Witwe Klicko in

dem Glase«, rezitierte er laut, wickelte Weißbrote mit Räucherlachs und Parmaschinken in Alufolie und vergaß auch nicht, zwei richtige Gläser mitzunehmen. Standfeste Gläser, die im Heck des Bootes in einer dafür vorgesehenen Halterung festgeklemmt werden konnten. Als gewiefter Handwerker hatte er in seinem Boot für ausgeklügelte Möglichkeiten gesorgt, auch in extremer Schräglage die lukullischen Genüsse sicher verstauen zu können und sie dennoch in bequemer Reichweite zu haben.

Es sollte ein Festtag werden, wünschte er sich, griff den Korb und schloß die Wohnungstür hinter sich ab. Als er die Außentreppe herunterging, stieg Thomas gerade aus seinem Wagen. Er hielt einen ökologisch einwandfreien Jutebeutel in die Höhe, mit Krustenbrot, Räucherwürstchen und Salami, dazu scharfen Senf und eine Thermoskanne Tee.

»Das paßt großartig«, waren sie sich einig, nachdem sie gegenseitig ihren Proviant inspiziert hatten. »Erst das feine Frühstück, dann die deftige Brotzeit!«

Thomas war wie eine Zwiebel angezogen. T-Shirt, Flanellhemd, und darüber ein dicker, handgestrickter Pullover, der bis über die Schenkel reichte und in Gesäßhöhe ziemlich ausgebeult war.

Die ›True Love‹ dümpelte einsam an dem kleinen Privatsteg, den Peter hin und wieder benutzen durfte, weil er keinen festen Liegeplatz für sein Boot hatte. Sie zerrte ungeduldig wie ein Rennpferd an den Leinen. Wasserperlen glänzten auf ihrem rotbraunen Mahagonileib, und der scharfe Bug teilte mit sanftem Plätschern die anrollenden Wellen.

Sie war bildschön! Peter kannte ihre kleinen Schwächen und liebte diese genauso wie ihre ungebändigte Kraft, wenn der Wind in die Segel fuhr und die Lady sich mühelos vom Ufer löste, um entfesselt über den See zu jagen.

Sie verstauten ihre Ausrüstung und takelten auf. Peter erklärte geduldig Schoten und Handgriffe, die Thomas wieder vergessen hatte, und befahl als Kapitän: »Die ›Witwe‹, Smutje! Ohne die alte Dame legen wir nicht ab!«

Thomas salutierte. »Aye, Sir!« Er öffnete den Champagner und schoß den Korken über Bord.

Sie waren fast alleine auf dem See. Weit im Süden lagen zwei andere Boote im Wind und kreuzten vor dem Alpenpanorama.

Peter hielt westlich auf die Roseninsel zu.

»Halt die Fock parallel!« wies er Thomas ruhig an, stemmte sich mit einem Bein ab und holte das Großsegel dichter.

Die Lady neigte sich und preschte los. Pfeilschnell schnitt sie durch das Wasser, und die Gischt sprühte ihnen kalt ins Gesicht. Thomas klammerte sich mit einer Hand ängstlich an der Reling fest.

Peter korrigierte den Kurs und gab die Großschot frei, daß sie gemütlich vor dem Wind laufen konnten.

»Kleiner Vorgeschmack auf die nächste Saison«, lachte er und gab Thomas einen beruhigenden Klaps auf die Schulter.

»Mann, daran muß ich mich erst noch gewöhnen.« Thomas kümmerte sich heftig um die ›Witwe‹, und sie ließen sich unbesorgt treiben.

Der Champagner und das gleichmäßige Dahinplätschern hatten Thomas schläfrig gemacht. Er kuschelte sich in die Sitzecke zwischen Kajüte und Bank und döste ein.

Peter kreuzte gemächlich nach Süden, vermied es rücksichtsvoll, zu hart am Wind zu segeln, um Thomas nicht zu wecken und um seinen Gedanken nachhängen zu können.

Liebeshungrigen Gedanken.

Wie die Sonne funkelnde Lichtsterne auf dem Wasser tanzen ließ, schwebten köstliche Erinnerungsblitze und Zukunftsvisionen vor seinen Augen. Christine . . .

Eine heftige Bö griff in die Segel, das Boot legte sich scharf zur Seite und nahm Fahrt auf.

Thomas sprang aus dem Schlaf gerissen hoch und stolperte über die Großschot. Die ›True Love‹ schwankte zur Seite, der Mastbaum schlug um und traf Thomas mit voller Wucht an der Schläfe.

Blut spritzte aus einer klaffenden Platzwunde. Die Beine knickten unter ihm weg, und die träge Pendelbewegung des Rumpfes schleuderte ihn über Bord.

Das Boot entfernte sich rasch unter vollen Segeln. Peter wendete fieberhaft, glitt auf die Unglücksstelle zu und stellte die ›True Love‹ in den Wind.

Mit dem Enterhaken angelte er nach Thomas, der bewußtlos knapp unter der Wasseroberfläche trieb.

Der dicke Pullover hatte sich bereits mit Wasser vollgesogen, und große Luftblasen blubberten aus der halbgeschlossenen Windjacke, aus den Ärmeln und Hosenbeinen.

Mit dem Haken bekam er Thomas am Ende des Reißverschlusses zu fassen und zog ihn näher. Wie ein schwammiger Sack taumelte der leblose Körper unter den Wellen.

Blutfahnen verwehten um seinen Kopf und verloren sich in den wogenden Haaren.

Peter arbeitete angestrengt, dann hielt er inne.

War das nicht der Wink des Schicksals, auf den er gewartet hatte?

Sturmböen, der eiskalte See . . . Pures Glück, daß er den Bewußtlosen so schnell entdeckt hatte.

›Halt ihn unter Wasser‹, sagte beschwörend seine innere Stimme und lieferte ihm die Rechtfertigung dazu. ›Der Körper ist zu schwer, du hast ihn noch nicht gefunden, er ist dir wieder vom Enterhaken gerutscht . . .‹

Ein einsames Boot auf dem See, mit flatternden Segeln im Wind stehend, das könnte jemandem am Ufer aufgefallen sein, schoß es Peter durch den Kopf, aber Thomas trieb immer noch unter der Oberfläche, und Peter suchte ihn verzweifelt, wie es für entfernte Beobachter aussehen mußte.

Plötzlich schlug Thomas die Augen auf.

Sie sahen sich überrascht an.

Die Kälte schien Thomas gelähmt zu haben. Schwach griff er mit einer Hand aus dem Wasser nach dem Enterhaken, verfehlte ihn und mühte sich verzweifelt, Atem zu holen. Lächerlich kleine Luftbläschen sprudelten aus dem stummen Mund.

Thomas' Augen weiteten sich, als wüßte er, was geschehen würde.

Peter lächelte in den fragenden Blick und drückte vorsichtig den Enterhaken auf Thomas' Brustbein.

Träge sank der Körper in die Dunkelheit der Tiefe, bis er kaum noch zu erahnen war.

Peter spürte immer noch das Gewicht am Ende des Enterhakens und hob und senkte den Stab, als ob er nach etwas stochern würde. Als er sicher war, daß Thomas nicht mehr am Leben sein konnte, schrie er aus Leibeskräften um Hilfe.

Aus den Augenwinkeln hatte er einen kleinen Katamaran ausgemacht, der eilig auf sie zusteuerte.

»Hilfe! So helfen Sie doch!«

Er zog Thomas an die Oberfläche und überlegte nicht lange. Der Katamaran war bis auf wenige Meter herangekommen, und Peter riskierte es, in das eisige Wasser zu springen. Routiniert nahm er Thomas' Kopf in den Rettungsgriff, schrie und strampelte gegen das Gewicht des absinkenden Körpers an und kämpfte gegen die Kälte, die ihm die Lungen zudrückte.

Der Mann im Katamaran packte energisch zu und zog Thomas mühelos in den kleinen Segler, dessen Rümpfe niedrig und somit keine große Behinderung waren.

Dann half er Peter, der sich zähneklappernd schon halb ins Boot gehievt hatte.

»Ziehen Sie sich rasch aus! Kommen Sie, ich helfe Ihnen«, er riß Peter das T-Shirt und das Hemd vom Leib, öffnete seine Jeans und zog sie mit der Unterhose aus.

»Setzen Sie sich!« befahl er, legte ihm fürsorglich mehrere Handtücher über und rubbelte ihn warm.

Die Sirenen der Wasserpolizei heulten über den See, und das große graue Motorboot kam auf sie zu.

Peter schaute den Mann irritiert an.

»Handy«, sagte der fast entschuldigend. »Ich habe schon von weitem gesehen, wie Ihr Freund ins Wasser fiel . . .«

Peter schielte zu seiner Lady, die friedlich in der Nähe dümpelte, und wagte erst dann, Thomas anzusehen.

»Was ist mit ihm? Thomas!« schluchzte er laut.

Er zitterte am ganzen Körper, seine Hände flatterten, und er versank fast in dem Berg Frotteetücher, die der Mann scheinbar stapelweise an Bord mitführte.

Die Polizisten halfen dem Notarzt, Thomas auf ihr Schiff zu bringen, und kümmerten sich dann um Peter und seinen Helfer. Sie nahmen die ›True Love‹ und den kleinen Katamaran ins Schlepptau, weil sie die Aussagen des Mannes noch benötigten.

Der Arzt konnte nur noch Thomas' Tod feststellen.

Peter verkroch sich bibbernd in eine Ecke der Polsterbank, wo er Patient und Lauscher gleichzeitig sein konnte.

Der Arzt bescheinigte ihm einen Schock, der von der Unterkühlung kaum zu unterscheiden war, flößte ihm heißen Tee ein und ließ ihn vorerst in Ruhe.

Herr Schröder, der hilfreiche Segler, lobte Peter in den Himmel.

»Ich habe alles gesehen!« plusterte er sich auf. »Der Mann da hat wirklich alles Menschenmögliche getan, um seinem Freund zu helfen.«

Er habe schon von weitem das erstklassige Wendemanöver beobachtet, mit dem Peter so unerhört schnell zur Leiche zurückgekehrt sei. Herr Schröder mußte Thomas wohl als Leiche bezeichnen, da es ihm der Situation angemessen schien und weil er den Namen nicht wissen konnte.

»Mehr hätte niemand tun können!« sagte er schlicht und setzte sich beschützend neben Peter. Er rubbelte ihn wieder warm, als ob er die furchtbaren Momente noch einmal erlebte, und forderte: »Eine Rettungsmedaille verdient dieser Mann! Springt in das eiskalte Wasser, um seinen Freund zu retten!« Seine Stimme überschlug sich vor Rührung und Heldenverehrung, und er trotzte den gnadenlos ruhigen Staatsdienern, die nur den Hergang der Ereignisse rekonstruieren wollten.

»Erwähnen Sie das!« drängte er die Beamten, als ob sie demnächst der Presse Rede und Antwort stehen müßten.

Herr Schröder entpuppte sich schnell als Pharmavertreter aus dem Norden.

»Düsseldorf-Benrath«, sagte er und zog einen Katamaranschein von einem türkischen Robinsonclub aus der Tasche.

»Grundkurs, aber effizient!« Seitdem mietete er sich, wann immer sein Vertreterjob es zuließ und ein Gewässer in der Nähe war, ein Segelboot, um seine nautischen Kenntnisse zu vertiefen.

Nautische Kenntnisse! Peter hörte den naiven, aufgeblasenen Ausführungen des Herrn Schröder nicht mehr zu. Welche gute Fee hatte ihm nur diesen unterbelichteten Aufschneider geschickt? Dieser Idiot war ja mit Tonnen von Gold nicht aufzuwiegen!

Er wickelte sich enger in die kratzige Decke, um die heftigen Schübe von Schüttelfrost besser ertragen zu können.

Tränen der Erleichterung rannen ihm über das Gesicht, was Herrn Schröder umgehend veranlaßte, sich wieder neben ihn zu setzen und tröstend einen Arm um ihn zu legen.

»Weinen Sie nur. Ich weiß, was es heißt, einen guten Kameraden unter so traurigen Umständen zu verlieren ... Meine Güte, Sie sind ja fix und fertig!« Er kommandierte den Notarzt herbei. »Schnell, ich glaube, der Mann kollabiert!«

Ein Sanitäter legte Peter die Blutdruckmanschette an,

der Arzt beglückwünschte ihn zu seinem trainierten Sportlerherzen, gab ihm prophylaktisch ein Sedativum und flüsterte dann mit dem protokollführenden Beamten.

»Herr Schröder«, sagte der Polizist daraufhin so taktvoll wie möglich. »Mein Kollege wird Sie jetzt zu Ihrem Wagen zurückbringen. Bitte halten Sie sich für den Rest des Tages in der Nähe Ihres Hotels auf, damit wir Sie bei Nachfragen jederzeit erreichen können. Danke, Sie waren uns eine große Hilfe.«

»Ich stehe Ihnen rund um die Uhr zur Verfügung«, salutierte Schröder und hätte fast noch die Hacken zusammengeschlagen.

Die Polizisten sicherten noch die Spuren auf der ›True Love‹, während ein Leichenwagen und der Notarzt im Konvoi zum Krankenhaus fuhren.

26

Nebel, wabernder, warmer Nebel, Wortfetzen drangen zu ihm und verebbten wattig. Ein schlanker Rumpf durchschnitt die Schlieren, und wisperndes Plätschern täuschte ihn, bis ein Sonnenstrahl das Grau durchdrang und ein schneeweißer Engelsflügel aus dem Dunst schimmerte.

Seine ›True Love‹ schwebte, einem Geisterschiff gleich, mit geblähten Segeln auf ihn zu, rauschte über ihm, daß silberne Wassertropfen von ihrem Kiel sprühten, und verschwand in der dampfenden Nebelwand.

»Bleib!« schrie er ihr hinterher. »Warte auf mich!«

Unsichtbare Fesseln drückten ihn nieder. Wo er sich eben noch bewegt hatte, war kein Halt mehr, kein Licht zeigte ihm eine Richtung an. Und doch zerrten Taue an ihm, Leinen umknoteten seine Fußgelenke, Lianen wanden sich um seine Brust, und schmierige, grünbraune Algenbündel drückten ihm die Kehle zu.

»Das ist ganz normal . . . normal«, hallte es ihm in den Ohren.

»Peter?« fragte jetzt deutlich eine vertraute Stimme, die das Echo verdrängte. »Peter!« und er spürte die beruhigende Hand auf seinem Arm.

Er blinzelte in die scheußliche Deckenlampe, die wie ein schimmeliger, halbrunder Käse über ihm klebte, und sah Hanna neben sich.

Eine Zeitlupenhanna, die ihm zart über die Stirn strich, an seinem Fußende stand und gleichzeitig aus dem Zimmer verschwand.

Eine visionäre Hanna, lächelnd und vorwurfsvoll, schimpfend und Fluten bitterer Tränen vergießend, die einen See zum Überlaufen brachten.

»Alles verläuft völlig normal«, wiederholte der Arzt. »Bestens! Eine bärenstarke Konstitution. Morgen früh können Sie Ihren Freund abholen«, enteilte er mit Birkenstockschritten und riß die nächste Patiententür auf. »Lüften nützt Ihnen gar nichts, Herr Dombratschek, Sie haben schon wieder hier drinnen geraucht!« hörte Hanna ihn mit einem Unbelehrbaren donnerwettern, dann schloß sich die schwere Tür, und sie verließ über die gebohnerten Flure, die übel nach Desinfektionsmitteln rochen, das Krankenhaus zum zweiten Mal in diesem halben Jahr.

Peter sah ausgeschlafen und rosig aus, als sie seine Sachen zusammenpackte und ihm aus dem Stationsbett half.

»Natürlich hast du mit der ganzen Sache nichts zu tun«, sagte Hanna, zum wievielten Mal an diesem Nachmittag?

»Komm endlich!« Sie hatte die Nase langsam voll, sie hatte genug von dem stundenlangen Getue um den verlorenen ›allerbesten‹ Freund. »Herrgottnochmal, mach mir nichts vor! Vielleicht hast du Thomas in den letzten zwei Wochen lieben gelernt ... gut! Aber reiß dich jetzt gefälligst zusammen und komm aus diesem Krankenhaus raus ... sofort!«

Sie schmiß ihm die Sachen vor die Füße, trat auf den Balkon und zündete sich eine Zigarette an.

»Wie hart du bist ...«, sagte Peter kläglich.

»Achim ist tot! Thomas ist tot! Trauere zu Hause, bastel dir einen Altar für Thomas, für alle Ikonen deiner Scheiß-Liebelei, aber steig jetzt endlich in deine verdammten Hosen!«

Peter hatte Hanna so noch nie erlebt, er gehorchte besser.

»Christine ...«, wagte er scheu einen Ansatz.

»Halt die Klappe!« Sie drückte ihm die Segeltuchtasche in die Hand und schubste ihn aus dem Zimmer. »Halt die Klappe und mach sie so schnell nicht wieder auf«, zischte sie und drängelte Peter zum Parkplatz. Als sie ins Auto einsteigen wollte, riß Peter ihr die Schlüssel aus der Hand.

»Hanna, was soll das, was ist mit dir los?«

»Gib mir die Schlüssel!«

»Erst sagst du mir, was das ganze Theater soll!«

»Die Schlüssel, oder wir sind geschiedene Leute.«

»Hanna!« Er warf ihr den Bund zu und gab sich geschlagen. Hanna verstaute seine Sachen im Kofferraum, ließ ihm Zeit, sich auf den Beifahrersitz zu setzen, und klemmte sich hinter das Steuer.

»Fahr schon los«, sagte Peter ungehalten, aber sie verschränkte nur die Arme in ihrem Mantel und starrte aus der Windschutzscheibe.

»Worauf wartest du noch?« Peter kurbelte das Seitenfenster herunter, als sei ihm die gemeinsame Luft stickig geworden.

»Was ist auf dem Boot geschehen?« fragte Hanna eindringlich und schlug auf das Lenkrad. »Du liebst Christine immer noch!« Ihre Stimme brach ab, und sie drehte sich herausfordernd zu ihm um.

Peter schwieg. Er beobachtete sie aus den Augenwinkeln. Ahnte sie, daß er schuldig war? Wußte sie etwa, daß er Thomas getötet hatte? Unmöglich! Frauen dachten anders als Männer, ihm konnte nichts, absolut nichts passieren. Ihr ging doch bloß seine Sentimentalität auf die Nerven. Wahrscheinlich hatte er mit den Selbstvorwürfen übertrieben, mit seinem Gejammer um den Freund, seiner devoten Trauer, was die kluge Hanna zu durchschauen glaubte.

»Klär mich auf, wenn ich mich irren sollte, aber höre ich aus deinen Worten eine Anklage heraus? Beschuldigst du mich vielleicht, etwas mit Thomas' Tod zu tun zu haben? Ausgerechnet du, meine beste, vertrauteste Freundin?« flüsterte er niedergeschlagen und starrte sie ungläubig an.

Lange sahen sie sich in die Augen, als forschten sie nach einer Bildprojektion, lauerten auf ein verräterisches Zwinkern, das wie ein Kopiergerät die geheimsten Gedanken ablichten konnte.

Hanna senkte den Kopf. Sie schämte sich, daß sie ihre Zweifel, die zwei Tage und Nächte ihre Gedanken gefoltert hatten, nicht vergessen konnte. Walters Worte waren ihr wieder eingefallen: ». . . sie läßt die Menschen, die sie lieben, erfrieren – und zugrunde gehen . . .«

Schloß das Mord und Totschlag mit ein? Tappte sie auf ihrer heilen, kleinen Insel ahnungslos im Friede-, Freude-, Eierkuchenteig, während um sie herum alles in die Brüche ging, alles Bekannte fremd wurde?

Nein! Ein furchtbares Jahr ging zu Ende, das Tod und Trauer mit sich führte und sie alle erschüttert hatte.

Sie grübelte in die falsche Richtung, schalt sie sich, das war idiotisch und nicht ganz ungefährlich, das war im übrigen nur niederträchtig und im höchsten Maße ungerecht. Es gab keinen vernünftigen Grund, Peter das Leben noch schwerer zu machen. Er mußte mit dem Unglück fertig werden, und es war ihre Freundespflicht, ihm dabei zu helfen. »Entschuldige, Lieber«, sie drückte beschwichtigend seine Hand, die kalt und verkrampft in seinem Schoß lag. Der Funken sprang nicht über, ein Eishauch lag zwischen ihnen und trennte sie.

Hanna fröstelte, und sie schüttelte sich.

»Es wird früh Winter, alter Kumpel.«

Als sie durch Münsing fuhren, verirrten sich tatsächlich die ersten Schneeflocken aus dem bleigrauen Himmel und verwirbelten an den Hausgiebeln. Hanna fand, daß das ein tröstliches Zeichen war, und daß die Kälte, die sie verspürte, einen realen und jahreszeitlichen Ursprung hatte.

Keine weit hergeholten Interpretationen mehr, keine weiteren Ausflüge in konstruierte Gedankengefilde!

Sie lächelte Peter an.

»Du weißt, daß du herzlich eingeladen bist, wenn du jetzt nicht alleine sein willst.«

»Danke, aber ich stürze mich am besten in meine Arbeit. Und wenn mir die Decke auf den Kopf fällt, melde ich mich bei dir. Fest versprochen! Außerdem sollte ich für die Polizei erreichbar sein . . ., die üblichen Ermittlungen nach so einer . . . Sache.«

Er zuckte verlegen mit den Schultern. Da war es wieder, das vertraute Lausbubenlächeln.

Hanna parkte vor Peters Garage und zog die Leinentasche aus dem Kofferraum. »Wenn du was brauchst . . .«

»Danke fürs Abholen! Und mach dir nicht so viele Sorgen.«

Hanna sah ihn im Rückspiegel auf der Straße stehen und die angefallene Post durchblättern.

Erleichtert bog sie in den Feldweg ein, der sie zu ihrer behaglichen Oase brachte.

27

Sie sah Peter erst bei der Beerdigung wieder. Der Staatsanwalt hatte die Ermittlungen abgeschlossen, der Befund lag klar auf der Hand: Tod durch Ertrinken. Die schwere Kopfwunde und die damit verbundene Bewußtlosigkeit, der eiskalte See, die dicken Wollsachen, die den Körper unter Wasser zogen – alle Faktoren ließen nur einen Schluß zu: ein tragischer Unfall.

Der gute Herr Schröder hatte als einziger Augenzeuge Peters selbstlosen Einsatz wieder und wieder betont und der Hoffnung Ausdruck verliehen, einen Helden wie ihn in der Nähe zu haben, sollte er je selbst in »nautische Bedrängnis« geraten.

Peter stand neben Hanna in der hintersten Bank der kleinen Barockkirche, die gerade das Totengeläut anstimmte.

Betty verbarg ihr Gesicht unter einem schwarzen Schleier, und Hanna konnte nur mutmaßen, was in ihr vorging. Sie wurde von dem liebevollen Ehepaar Sandfeld begleitet, alten Freunden, die die letzten Tage in ihrem Haus verbracht hatten und ihr nicht von der Seite wichen.

Betty schritt langsam an der letzten Reihe vorbei, und Hanna glaubte, ihrem Blick zu begegnen. Betty verharrte, dann wandte sie den Kopf wieder nach vorne und verließ mit den Trauergästen den Kirchenraum.

Hanna stieß Peter an, weil sich die Gemeinde bereits hinter den Sargträgern formiert und in Bewegung gesetzt hatte.

Vor der Kirche blieb Peter verärgert stehen.

»Ich geh da nicht hinterher! Hast du nicht bemerkt, wie Betty mich angesehen hat?«

»Das bildest du dir bloß ein. Ich meine, sie hat uns nur kurz zugenickt, es sozusagen zur Kenntnis genommen, daß wir hergekommen sind.«

»Und dieses provokante Zögern? Seht, da steht das Schwein, das meinem Mann nicht geholfen hat!«

»Jetzt übertreibst du allerdings ein bißchen.«

»Und? Jedenfalls riskier ich es nicht, mich an das Grab zu stellen, und Betty dreht vielleicht durch und zeigt zum Schluß noch mit dem Finger auf mich ... nee! Ich fahre nach Hause.«

Hanna sah ihm erstaunt nach, wie er mit hochgestelltem Mantelkragen und tief in den Taschen vergrabenen Händen zu seinem Wagen schlich.

Sie verstand, daß er Betty noch aus dem Weg gehen wollte und mit dieser und zukünftigen, ähnlichen Situationen auf seine Weise fertig werden mußte.

Sie verstand allerdings nicht, warum ihm hier der Mut fehlte, sich in die stille Menge trauernder Freunde einzureihen, um Thomas das letzte Geleit zu geben. Eine einfache, traditionelle Geste, sich selbst den Abschied zu erleichtern und Betty zu zeigen, daß man sie an diesem bitteren Tag nicht alleine ließ.

Das schwächliche Sich-Abwenden hatte sie Peter nicht zugetraut, diese feige Verweigerung ärgerte sie. Es gab egoistische Zeiten, in denen man vor all seinen Problemen davonlaufen wollte, sich in eine Höhle verkroch und seine Wunden leckte, und es gab Stunden wie diese, die für andere Menschen reserviert waren.

Sie atmete tief durch und schloß sich der Trauergemeinde an, die in Gruppen um Thomas' Grab wartete, um Betty ihr Beileid auszusprechen.

Gedankenverloren nahm sie das Gebet des Priesters kaum wahr, betrachtete die routiniert bekümmerten Mienen der Totengräber und ging mit ein paar Schritten dem Weihrauchgeruch aus dem Weg, der mit einer leichten Brise in ihre Richtung wehte und den sie als Kind schon nicht leiden konnte. Die düsteren Kirchen ihrer katholischen Kindheit tauchten wieder auf, die bigotten Tanten und die glitschige Heilslehre, die nach Moral und Gutdünken gedehnt werden konnte, bis sie auch noch um die lächerlichsten Theorien und Ansichten paßte.

»Hallo, Hanna«, flüsterte jemand und legte ihr liebevoll den Arm um die Schulter.

Walter blinzelte zur Begrüßung mit den Augen, sagte »später« und deutete nach vorne. Die Menge hatte sich langsam in Bewegung gesetzt, um Betty und ihrem Sohn zu kondolieren. Sie warfen eine Blume oder ein Schäufelchen voll Erde in das Grab und gaben Betty betreten die Hand.

Betty umarmte Hanna mit rotgeweinten Augen. Sie freute sich, Walter zu sehen.

»Wir sehen uns nachher, bitte!«

Sie wurden von den nachfolgenden Menschen weitergedrängt. Hanna und Walter schlenderten über den Friedhof. Sie ließen eiligen Leuten den Vortritt, die sichtlich befreit dem Ausgang zustrebten und sich in ihre Autos stürzten, hungrig und durstig und irgendwie erleichtert, daß alles vorbei war.

Sie fuhren zum Gasthof Limm in Münsing, wo der hintere Raum für den Leichenschmaus bestellt war. Ein widerliches Wort, dachte Hanna, ekelhaft! Wie konnte man alleine schon bei dem Gedanken daran auch nur einen Bissen herunterkriegen?

Irmi, die gute Seele, brachte zwei perfekt eingeschenkte Pils, kaum daß sie sich an einen Tisch nahe der Tür gesetzt hatten. Langsam füllte sich der Raum, die verhaltenen Gespräche gingen in Geplauder über, und an manchen Tischen wurde bereits lebhaft diskutiert und laut gelacht.

Von ihren Freunden geschützt, saß Betty in einer Wolke der Zuneigung. Die kühle Luft und der lange Aufenthalt auf dem Friedhof hatten ihre Wangen rosig gemacht. Überhaupt sahen alle Leute gut durchblutet und -gelüftet aus, wie Sanatoriumsgäste nach einem ärztlich verordneten Vormittagsspaziergang, nur die dunkle Kleidung verriet den wahren Grund ihres Zwangsaufenthaltes an der frischen Luft.

Es gab ein wunderbares Rehgulasch mit Serviettenknödel und frischen Gemüsen; Bayrischcreme und Waldfrüchte – schließlich erlösten Wein, Bier und die obligatorischen Schnäpse die Trauergesellschaft endgültig von dem unangenehmen Besucher Tod, der noch früh genug auch an ihrer Seite auftauchen würde. Das hatten ihnen die alten Grabsteine mitgeteilt, auf denen sie schon jetzt ihre Namen lesen konnten.

Man erzählte sich Anekdoten über die Verstorbenen, als hielten sie sich nur vorübergehend in einem anderen Land auf, aus dem sie vergaßen, Postkarten und Nachrichten zu schicken. Also mußte man sich an die alten Erinnerungen halten, bis man sich wieder traf. Thomas wurde gerade zu so einem Fernreisenden ohne Paß, zu einem Teil schöner Geschichten.

Zwei Stunden später verabschiedeten sich Hanna und Walter von Betty, die nachdrücklich darauf bestand, sie am späteren Nachmittag noch in ihrem Haus zu sehen.

Im Rückspiegel sah Hanna Walters quittegelben VW mit den dick zugepappten Rostflecken in dem verbeulten Blech, der ihr so selbstverständlich folgte, wie sie es erwartet hatte.

Peters Denken und Handlungsweise waren ihr seltsam fremd geworden, als seien die wichtigsten Verbindungen zwischen ihnen gerissen. Ein Unbekannter hatte sich von ihr verabschiedet und sie alleine an der Kirche stehen lassen.

Sollte er seinen Seelenmüll doch alleine sortieren! Er machte sich nur lächerlich mit seiner blödsinnigen Befürchtung, Betty könnte auf ihn zeigen!

Tröstlich hielt der knatternde VW neben ihrem Wagen, und sie gingen, sich an der Hand haltend, ins Haus.

Sie umarmten und küßten sich, kuschelten sich auf dem Sofa aneinander und entdeckten erstaunt Verliebtsein in ihren Augen.

»Ich hätte ein paar Tage Zeit ...«, sagte Walter und strich ihr zart eine Haarsträhne aus der Stirn.

»Dann laß mich um Himmels willen nicht allein!« heulte Hanna los und bekam Schüttelfrost.

»Alles ist so schrecklich durcheinander, und Peter ... ich verstehe das alles nicht mehr, ich werde noch verrückt mit meinen blöden Ideen.«

Walter wiegte sie wie ein Kind und ließ sie reden.

»Ich weiß«, sagte er immer wieder in ihr Schniefen, das ihre furchtbaren Vermutungen und Verdächtigungen unterbrach. Ungeordnet sprudelten die geheimsten Gedanken aus ihr heraus, bis sie den Faden verlor, sich die Tränen aus dem Gesicht wischte und ihn schief anlächelte.

»Was für ein Mist!« sagte sie beschämt.

»Fühlst du dich jetzt besser?« fragte er mit großer Zärtlichkeit und gestand: »Diesen ›Mist‹ habe ich auch gedacht. Rivalen der Liebe und so'n Zeug. Inzwischen denke ich, daß das alles ins Reich der Phantasie gehört und uns nicht länger belasten sollte!«

Er hatte recht. Es gab Aufregenderes zu tun. Es galt, sich zu entdecken, sich neugierig anzusehen und sich immer wieder zu berühren.

Dieser große, hübsche Taugenichts gefiel ihr, dieser grünäugige Filou, der es immerhin in der Hand hatte, mit Marianne einen kleinen, aber prominenten Teil der bayrischen Regierungspartei zu stürzen.

»Marianne hat wahrscheinlich nicht einmal Blumen geschickt«, sagte Hanna wiederhergestellt. »Noch eine Beerdigung, wo ihr Name auftaucht. Davor wird sie sich hüten!«

»Verständlich«, meinte Walter und rückte Hanna wieder näher auf den Pelz.

Ihre Hände besprachen folgenschwere Dinge miteinander und wollten sich kaum loslassen, als Hanna, unpassenderweise für einen Trauertag, nach Champagner verlangte. Sie waren auf dem besten Wege, die häßlichen Dinge zu vergessen und sich in ihre Verliebtheit fallenzulassen, in das mollige, sittenlose Daunenwolkenlotterbett Glückseligkeit.

»Juckt es dich nicht manchmal, die Bombe hochgehen zu lassen?« fragte Hanna unvermittelt.

»Nein. Das lohnt sich doch erst, wenn Marianne ganz oben ist«, lachte Walter unter ihrem Hemd.

»Schade!«

»Oder hast du etwa was anderes gemeint?«

Hanna vergaß ziemlich schnell, wovon sie eben noch gesprochen hatten. Mit heimlichem Bedauern hörten sie Betty mit dem Ehepaar Sandfeld vorfahren, warteten noch eine herrlich intime Viertelstunde und hielten dann ihr Versprechen, mit Betty den frühen Abend zu verbringen.

28

Es war Dezember geworden. Thomas war seit anderthalb Monaten tot. Betty strich weitgehend seine gesamte Zeit mit Christine aus ihrem Gedächtnis und hielt ihn in ihrer persönlichen, freundlichen Erinnerung, was Walter und Hanna respektierten. Sie widmeten ihr viele ihrer kostbaren Stunden, die sie lieber alleine verbringen wollten.

Aber sie hatten Zeit, viel, viel Zeit. Nur Hanna erwartete jeden gemeinsamen neuen Tag, als sei es der letzte, und dieses unerhoffte Glück könnte sich von einer Stunde zur nächsten sang- und klanglos verabschieden.

Ein düsterer, milchiggrauer Samstagvormittag umhüllte sie, der Schnee und Nässe versprach, als Hanna im Bademantel eilig den Briefkasten leerte und sich die Wochenendausgabe der Süddeutschen unter den Arm schob.

Fröstelnd huschte sie in Walters Arme zurück und händigte ihm seine Privatpost aus, die längst an ihre Adresse umgeleitet war.

»Na so was! Von Marianne«, sagte sie, riß den taubenblauen Umschlag auf und las vor.

»Liebe Hanna, auch im Namen meiner lieben Tochter

möchte ich Sie zu einem fröhlichen Dezember-Brunch einladen, der uns allen eine kleine Vorfreude auf die besinnliche Weihnachtszeit geben soll. Wir würden uns freuen, Sie am 15. Dezember um 12 Uhr dazu begrüßen zu dürfen. Mit freundlichen Grüßen … und so weiter. Das ist ja morgen!« Hanna drehte das Kuvert. »Gestern abgestempelt. Ein bißchen kurzfristig, meinst du nicht auch?«

Walter sah sich interessiert das Schreiben an.

»Gehst du hin?«

»Nur mit dir! Immerhin ist morgen der dritte Advent!«

»Hier steht aber nur dein Name drauf. Entweder ist den beiden unser Verhältnis entgangen, oder sie bezwecken was damit.«

»Mein Allerbester«, protestierte Hanna. »Nicht schon wieder Hintergedanken! Aber ich gehe hin. Siehst du nicht das neugierige rote Teufelchen auf meiner Schulter sitzen? Es will Futter!«

Walter machte sich auf die Suche nach dem diabolischen Kerl, und sie bemerkten bis in den späten Nachmittag hinein nicht, daß es angefangen hatte zu schneien.

Pünktlich um zwölf stieg Hanna die Marmorstufen hinauf, mit den Buchskegeln an der Seite, die komische weiße Mützchen aufhatten. Der Messingring in der aufgerissenen Löwenschnauze war eiskalt, als sie den Gong betätigte.

Ein ihr unbekannter pickeliger junger Mann öffnete ihr die Tür.

»Frohe Vorweihnachten«, wünschte er ein bißchen zu sarkastisch, nahm ihr den Mantel ab und führte sie in den Salon. Hanna war für den Anlaß mit einer Flanellhose und dem beigen Rollkragenpullover nicht gerade unpassend angezogen, aber diese Versammlung erinnerte sie an Karikaturen steifer Clubtreffen, leicht durchwachsen mit bayrisch-barocken Parteijodlern, jovialen Honoratioren und arroganten Ehefrauen.

›Starnberger-See-Schnepfen‹, dachte Hanna übellaunig.

Karierter Tweed und Lodenjoppen, die Frauen gaben sich ländlich-wollig, demonstrierten rustikalen Chic oder glänzten gar im kleinen Schwarzen.

Hanna spürte, daß sie besser nicht hierher gekommen wäre.

In dem riesigen Kamin loderte ein Feuer, auf dem man einen Ochsen braten konnte, und knisterte in die flüsternd raunende Man-kennt-sich-Atmosphäre.

Vielleicht zwanzig, dreißig Leute gruppierten sich locker um die beiden Gastgeberinnen.

Marianne, in unverwechselbarer Understatement-Elegance, plauderte mal hier, mal dort und wedelte mit einer Serviette Hanna zu, um ihr die Richtung anzudeuten, in der sich ihre Freunde befänden.

Und tatsächlich. Dort saß kugelrund Christine und, nachlässig über die Lehne eines ausufernden Sofas gebeugt, Peter, der besitzergreifend eine Hand auf ihrer Schulter liegen hatte.

»Schätzchen!« winkte er. »Endlich sehen wir uns wieder!« Er heftete Christine nachdrücklich in die flammendroten Kissen und kam auf Hanna zu.

»Schöne Vorweihnachten!« sagte er und umarmte Hanna, der die merkwürdige Szene eher peinlich war.

»Hab ich schon mal gehört«, sagte sie und sah ihn mißtrauisch an. »Was machst du denn hier?«

»Ich bitte dich! Sieh dir Christine an! Wir sind doch Freunde, und sie braucht jede Fürsorge, die wir ihr bieten können.«

»Wer, wir?« fragte Hanna und wußte die Antwort.

»Marianne und ich natürlich, du Dummbeutel!«

»Bist du . . . seid ihr . . . irgendwie zusammen?« Hanna griff sich ein Proseccoglas von dem Tablett, das ihr am nächsten stand.

Sie hatte seit der Beerdigung nichts mehr von Peter gehört, sie hatte ihn hier nicht erwartet und sich, seitdem Walter bei ihr war, auch nicht mehr darum gekümmert. Sie waren sich irgendwie entglitten.

Warum also sollte er nicht, wie sie, hier sein? Als alte Freunde von Christine.

Er beantwortete ihre Frage nicht.

Statt dessen klopfte Marianne zart mit einem Silberlöffelchen gegen ihr Glas.

»Freunde! Liebe Freunde!« Es dauerte einen Moment, bis sich das Raunen legte. »Liebe Freunde!«

Marianne zauberte ein Spitzentuch aus dem Ärmel und tupfte über ihre makellosen Augen.

»Lassen Sie mich zunächst meinen Dank aussprechen, daß Sie so vollzählig unserer Einladung zu diesem Brunch zugesagt haben. Wir alle wissen, wie wichtig uns der Zusammenhalt in unserer großen Familie sein muß, ganz besonders jetzt, in diesen oppositionellen Zeiten . . .«, scherzte sie vornehm.

»Aber wir wollen heute ausnahmsweise einmal die große Politik hintenan stellen«, fuhr Marianne mit bescheidenem Abwinken fort. »Es ist nicht nur die feierliche Adventszeit, die uns zu dieser kleinen Party zusammengebracht hat.«

Sie lächelte mild in die Runde, dann erhob sie ihre Stimme. »Es ist mir eine besondere Ehre und Freude, Ihnen die Verlobung meiner lieben Tochter Christine mit Herrn Peter Berger bekanntgeben zu dürfen!«

Theatralisch öffnete sie ihre Arme, in die zur linken Christine, zur rechten Peter versank, um strahlend wieder in die applaudierende Runde zu blicken.

Marianne hatte einen neuen Kronprinzen gefunden, und Peter gefiel sich in dieser Rolle!

Hanna traten Tränen der Verzweiflung in die Augen.

Das Netz war perfekt geknüpft, und Peter, am Ziel seiner Wünsche, zappelte zufrieden und glücklich darin wie in einem wohltemperierten Swimmingpool.

Natürlich! Achims Tod lag lange genug zurück, und zu Betty und Thomas, den billigen, ungeliebten Kleinbürgern, standen sie alle hier in keinem verwandtschaftlichen Verhältnis. Es sprach also nichts gegen diese Verlobung, die sie anständigerweise auch noch in kleinem Kreise feierten.

Marianne, die mit Spinnenarmen die Beute abgetastet und für gut genug befunden hatte, sonnte sich in ihrem einwandfreien Ruf.

Ein neuer Vorzeigevater wurde standesgemäß eingeführt, der Biedermann war gefunden, der die Hintern der aufpolierten Ahnenreihe küßte.

Hanna wurde schlecht.

Was wußten diese gesellschaftlichen Aufziehpuppen tatsächlich? Nahmen sie Peter in ihren Golfclub auf, in ihren Segelclub, in ihre wirtschaftsanalytische Millionärsrunde? Hatten sie ihn bereits zu ihrem treuen Anhänger und gläubigen Speichellecker gemacht?

Christine sah, trotz des Medizinballs, den sie jetzt schon

mit sich herumtragen mußte, süß und edel aus. Kaschmir und Seide, eine Chanel-Uhr, die Hanna noch nie bei ihr gesehen hatte, eine hübsche Kette mit Gemme, die antik, aber neu an ihr war.

Wußten das diese hochnäsigen Emporkömmlinge, die sich souverän und unantastbar gaben, oder hatten sie alle eine Christine zu Hause, die skrupellos ihren Anteil einforderte, und eine Marianne, die nichts tolerieren, aber bezaubern und blenden konnte?

Peter kam, sie zu umarmen.

»Ich wußte es! Du freust dich für mich!« strahlte er hirnlos und absorbiert von dem Glanz.

Hanna drückte ihm so achtlos ihr Glas in die Hand, daß der klebrige Prosecco über seinen Anzug spritzte.

Traurig blickte sie über den Raum und sah Christine, die sie ungerührt beobachtet hatte.

»Peter?« versteckte die gierige Verlobte ihren Befehl in eine honigsüße Frage und streckte eine Hand nach ihm aus.

Hanna verließ den Salon, den sie nie wieder betreten wollte.

29

Hanna hatte einen Freund verloren. Nach der Beerdigung hatte sich Peter nicht mehr bei ihr blicken lassen, und nach diesem Verlobungsbrunch war erst recht nicht mehr mit ihm zu rechnen.

»Karotten-Guerilla«, flüsterte Walter und grinste das Bündel verwirrter Gedanken an.

»Hmm ...«, murmelte Hanna verschlafen in seinem Arm und drehte sich auf das Kissen zurück.

Behutsam deckte Walter sie zu.

Fluchend war sie vor zwei Stunden zurückgekommen, hatte alle Register gesellschaftsverhöhnender Schimpftiraden gezogen und in ihren vor Ironie und Verachtung triefenden Bericht eingeflochten.

Die Empörung über verratene Ideale, die Wut auf Falschheit und Kriechertum spuckte sie stellvertretend für viele Enttäuschungen Peter ins Gesicht, der von alldem nichts ahnte und vermutlich immer noch an dem Proseccofleck herumretuschierte.

Leise ging Walter die Treppe hinunter, nahm sich ein Pils aus dem Kühlschrank und lehnte sich in das kleine gelbe Sofa. Er blies Rauchkringel in die Dämmerung und erinnerte sich an den Augenblick, als er den unseligen Handel mit Marianne eingegangen war.

»Das bist du uns schuldig«, hatte sie gesagt und ihn auf seine ärmliche, bäuerliche Vergangenheit angesprochen.

›Selbstverständlich!‹ dachte er bitter. Sie hatte ihn schließlich ›mit durchgezogen‹, und ihn mit ihrer Tochter spielen lassen. Seine Familie hatte traditionell gekuscht und ihn wie alte Pächterfamilien zum Spielgefährten der verzogenen Göre gemacht.

›Kann nicht schaden, wenn du was von der großen Welt mitbekommst‹, hatten sie gesagt und ihm befohlen, in der falschen Idylle auch noch den vergifteten Hund zu begraben. Den unnützen Köter.

Als Habenichts und Versager hatte er das Spielchen bis zu der Ehefarce mit Christine mitgemacht, bis Achim geboren war und er seinen Hut nehmen durfte.

War das wirklich erst ein Jahr her?

Wie unverhofft der Tag – und wie absurd! –, als er mit Hanna zusammenkam. Ausgerechnet bei einer Beerdigung!

Allerdings konnten sie an diesem Tag endlich auch die Vergangenheit begraben, diesen unglücklichen Sommer und die unhaltbaren Vorwürfe gegen ihren alten Freund Peter.

Wie belanglos dagegen alles andere wurde!

Es fing an zu schneien. Die Flocken klebten an den Scheiben, rutschten in einer Wellenlinie herunter und sammelten sich in den Fensterkreuzen zu kleinen, bogigen Schneewehen.

Walter knipste die Lampen im Wohnzimmer und in der Küche an, als Betty vor der Tür die Nässe von den Schuhen trat und in den Flur wehte.

»Es schneit!« freute sie sich und zupfte angetaute Eiskristalle aus ihrem Haar.

Aus der tiefen Tasche ihres fuddeligen, grauen Teddymantels holte sie ein merkwürdiges Tannengebinde mit einem Kieferzapfen und roter Kerze hervor, das ihr in der Hand zerbröselte.

»Na, wenigstens hat die Kerze überlebt. Schönen dritten Advent!« strahlte sie unverdrossen und wischte die Reste der improvisierten Feierlichkeit in den Papierkorb, schälte sich aus dem Fell und rieb sich die kalten Hände.

»Wo ist Hanna?«

»Oben. Sie schläft die Aufregung von heute mittag weg, hoffe ich.«

Sie stellten die rote Kerze neben die Mürbeteigplätzchen und entzündeten den Leuchter auf dem Fensterbrett, daß die flackernden Lichter sich in den Scheiben spiegeln konnten. Betty wedelte mit einem angebrannten Tannenzweig Weihnachtsduft über den Tisch.

»Tolle Sache, Peter und Christine, was?« grübelte sie in den warmen Kerzenschein. »Und das mit dem Kind von meinem Mann!«

Walter befürchtete, daß Betty die Fassung verlieren könnte, aber Betty saß gelassen, fast verträumt in ihrem Sessel und schlürfte ihren Wein. Manchmal war sie erstaunlich.

»Woher weißt du das?«

»Christine, die hysterische Kuh, hatte wohl nichts Besseres zu tun, als mich kurz nach Hannas Fortgehen anzurufen. Hanna hätte ihrem Peter ein Glas Sekt ins Gesicht geschüttet und die Party ruiniert. Ich soll ihr ausrichten, daß sie ihr so schnell nicht mehr unter die Augen kommen soll. Ausgerechnet ich soll Hanna das ausrichten!«

Bettys Hand zitterte.

»Reg dich bloß nicht auf, Betty!« flehte Walter sie an. »Es lohnt sich nicht.«

Sie wischte mit dem Ärmel ein paar Tränen aus ihrem Gesicht.

»Glaubst du nicht auch, daß es reicht? Ich habe meine Lektion doch gelernt . . . für dieses Jahr.«

Sie lächelte wieder und prostete ihm hoffnungsfroh zu. Sie war wirklich erstaunlich!

»Warum tun sie das?« flüsterte Betty mit Kinderaugen, als fragte sie nach fremden Menschen, die Kriege führten, folterten und furchtbare Dinge taten, die der unschuldige Kleinmädchenverstand nicht begreifen wollte.

Walter mußte lachen. Niemand konnte so harmlos und

treu in die Welt blicken wie Betty. Wie ein Chamäleon wechselte sie zwar überraschend die Farbschattierungen, aber nie die Form. Kein Rotkäppchen, das die Großmutter fraß, kein Schneewittchen, das die Zwerge vergiftete.

»Warum sie das tun? Weil sie egoistisch sind, kein Mitgefühl haben? Weil sie es nicht besser wissen, nehme ich jedenfalls an«, sagte Walter in Erinnerung an die eisigen Marmorstufen und den hämisch grinsenden Löwenkopf.

Waren sie nicht alle Opfer dieser Kälte geworden?

»Ich seh mal nach Hanna«, sagte Betty plötzlich und erklomm bereits die Stufen zu den oberen Räumen.

Tatsächlich wie ein Chamäleon, dachte Walter, behäbig, Zug um Zug, aber zielsicher.

Er horchte. Betty wisperte an seine schlaftrunkene Hanna, brabbelte und erzählte irgendwas, und er hörte gemurmelte Reaktionen.

»Sie kommt gleich«, flötete Betty auf den Stufen und ließ sich wieder in ihren Sessel fallen. »Guck nicht so angespannt, ich habe sie nicht gebissen!«

Walter versicherte ihr, an etwas anderes gedacht zu haben, aber Betty wußte es besser.

»Ich liebe sie auch«, sagte sie kurz und kramte in ihrer Handtasche.

Walter bereitete ein Abendessen zu, Käsenudeln, die selbst er mit seinen Kochkünsten nicht verderben konnte, und die Betty mit hämischem Grinsen kommentierte.

»Das macht Hanna auch immer, wenn es was zu verdauen gibt«, sagte sie weise und stellte die Wodkaflasche auf den Tisch.

Hanna rumorte in ihrem Schlafzimmer unter dem Dach. Betty und Walter hörten in der Küche, wie mit scharfem Klirren etwas in die Brüche ging.

Sekundenlang starrten sie nach oben.

»So ein Mist, Mist, Mist«, fluchte Hanna durch das Haus.

Dann kam sie gutgelaunt und ausgeschlafen die Treppe herunter.

»Wieder ein Erinnerungsstück weniger«, sagte sie und verlangte nach ihrem allabendlichen Drink.

». . . große, lockere Kartoffelknödel, selbstgemachtes Blaukraut . . .«, schwärmte Betty in Vorfreude auf das Weihnachtsfest.

»Die dickste Gans vom ›Geflügel-Karl‹ am Viktualienmarkt!« versprach Walter, und Hanna sah sich einen Bottich Soße zubereiten, in dem das knusprige Tier ein letztes, köstliches Bad nehmen würde.

»Ein richtig ordinäres Freßgelage«, beschwor Betty aus ihrem Sessel die Stille Nacht herbei. »Ich werde Kaftane nähen müssen, in denen wir unsere dicken Bäuche unbeengt über die Feiertage schleppen können.«

»Faulenzen . . . und Glühwein um Mitternacht«, stöhnte Hanna.

»Seht mal her«, Betty hatte endlich gefunden, was in den unübersichtlichen Abgründen ihrer Tasche verschwunden war. Sie reichte einen braunen Foto-fix-Umschlag über den Sofatisch.

Sie hatte es nicht eilig gehabt, den Film zu belichten.

Der Sommer mit Christine und Thomas, als sie noch freundschaftlich mit Betty verbunden waren und in die Kamera winkten, war darauf ebenso dokumentiert wie der umgestürzte Ahorn, mit dramatisiertem Blickwinkel aus Bettys Garten, um die Bedrohung zu verdeutlichen, der man gerade noch entgangen war.

»Es hätte auch mein ruinierter Garten sein können!«

Ein angebrannter Anzug auf rußigem Bügel in der Kletterrose.

»Rein experimentell«, meinte Betty dazu.

Peter und Hanna auf ihrer Terrasse; ein paar Aufnahmen von wiederkäuenden Kühen und flüchtenden Spatzen, die unscharf aus dem Format flatterten; Thomas, wie er mürrisch unter seinen Kopfhörern hervorblickte; Hanna mit ihren Einkäufen.

Und herrliche Herbststimmungen vom Starnberger See!

Segler vor den Alpen, die klaren, bunten Tage, sich auftürmende Wolkengebirge, drohender Sturm. Das alles hatte sie grandios eingefangen. Ihr gelangen immer die besten Fotos, wenn sie nicht die Schärfe einstellen mußte.

»Hier bin ich schleunigst verduftet«, zeigte sie auf die letzten Bilder, »bevor mir herumfliegende Äste auf den Kopf fallen konnten!«

Fasziniert betrachtete Hanna den scharfen Kontrast eines weißen Segels vor dem nebeligen Hintergrund. Ein hochdramatischer Himmel rundete die Bildkomposition ab.

Versuchsweise skizzierte sie den Ausschnitt auf einem Notizblick, radierte an dem Boot herum und geriet vollends in Begeisterung.

»Toll! Bloß viel zu klein.«

Auf dem 9x13-Format war nicht viel zu erkennen.

Hanna verzog sich in ihr Arbeitszimmer. Sie holte das Epidiaskop aus dem Schrank, stellte es kurzerhand auf den

Boden und heftete einen Bogen Papier an die freie Wand, worauf sie das Bild projizierte.

Sie zeichnete die Details des Bootes nach, den Segler, der an der Reling stand, die Enten im Schatten des Rumpfes. Dabei hockte, kniete oder lag sie halb auf dem Boden, weil ihr eigener Schatten ein zügiges Arbeiten nicht möglich machte.

»Die blöden Enten laß ich später weg, die passen nicht dazu.«

Sie knipste das Gerät wieder aus und konnte jetzt erst das ganze Bild richtig betrachten.

Es war die ›True Love‹! Und der Mann an der Reling mußte Peter sein!

»Wie läuft's denn?« fragte Walter über ihre Schulter.

»Ach ja, hübsch selten, ein Segler!«

Dann stutzte er.

»Siehst du, die ›True Love‹ und Peter!« sagte Hanna stolz, aber ins Leere, denn Walter hatte inzwischen die anderen Fotos geholt.

»Und was soll das sein?«

»Enten, irgendwelche Wasservögel . . .«

»Hier sind sie aber plötzlich weg«, er tippte auf ein anderes Bild, dann auf das nächste. »Und hier sind sie wieder genauso wie auf deiner Zeichnung vorhanden.«

»Vermutlich abgetaucht und wieder hochgekommen.«

»Betty, bring mal den Umschlag«, rief Walter und schaltete den Lichttisch an.

Hanna und Betty sahen neugierig zu, wie er die Negative sortierte.

». . . 29, 30. . . bis 36 hast du fast sekundenweise ausgelöst. Fällt euch immer noch nichts auf?«

Er nahm die entsprechenden Fotos, legte ein Pergamentpapier darüber und zog die Linien um die Vögel und den Rumpf des Bootes nach. Dann schob er die durchgepausten Blätter aufeinander.

»Das sind keine Enten! Seht mal die Wellenbildung dazu an. Das sind Schuhe, ein Knie ... und hier sind sogar fast beide Beine drauf!«

Hanna starrte die Fotos an und entdeckte mit Grauen eine schlaffe Hand, die wie ein Haubentaucher über dem Wasser nickte.

»Er hatte ihn schon am Haken«, rief Betty. »Seht doch bloß, er hätte ihn nur noch rausziehen müssen!«

Aber die Reihenfolge der Fotos gab eine andere Wahrheit preis. Der makabre Trickfilm, den sie aus den einzelnen Bildern gebastelt hatten, zeigte unmißverständlich das entsetzliche Geschehen.

Peter hatte den Körper wieder unter die Wasseroberfläche gedrückt!

»Er hat ihn umgebracht! Er hat ihn getötet!« schrie Betty und rannte wie von Sinnen aus dem Arbeitszimmer.

»Er hat ihn getötet!« schrillten ihre Worte durch das Haus, dann wurde es still.

Hanna und Walter sahen sich ausdruckslos an, dann nahmen sie sich an der Hand und gingen zu Betty hinüber.

Betty stand weinend am Telefon und sagte gerade mit seltsam fester Stimme:

»Ich will einen Mord melden! Ja ... ich kann warten.«